图书在版编目（CIP）数据

棱角 / 汪起正著. -- 北京 : 中国商业出版社, 2018.11
ISBN 978-7-5208-0377-9

Ⅰ. ①棱… Ⅱ. ①汪… Ⅲ. ①诗集－中国－当代Ⅳ. ① I227

中国版本图书馆 CIP 数据核字（2018）第 224189 号

责任编辑：常松

中国商业出版社出版发行
010-63180647 www.c-cbook.com
（100053 北京广安门内报国寺 1 号）
新华书店经销
北京京丰印刷厂
*
710×1000 毫米 16 开 14.25 印张 30 千字
2019 年 1 月第 1 版 2019 年 1 月第 1 次印刷
定价：58.00 元
****
（如有印装质量问题可更换）

edges and corners

我认识汪起正是因为有一段时间我和他在同一个健身房练功。

　　我所见到的是一个勤奋的舞者,他有着坚韧的毅志力。当然他也是一个优秀的编舞者,他有着独特的思维方法。

　　令我感到意外的是:他竟然还是一位诗人。他的诗我读过了,都是短小精炼的小诗,让人一看就懂,一目了然,但是当你细细品读起来,它会让你感受到诗中深深的内涵和浓厚的意蕴,意味深长 回味无穷。

　　他这么年青将来定会成为一位不同凡响的优秀人材。

　　老天定会酬报一个勤奋而又有着独特思维的人。

王德顺
2018年9月24日

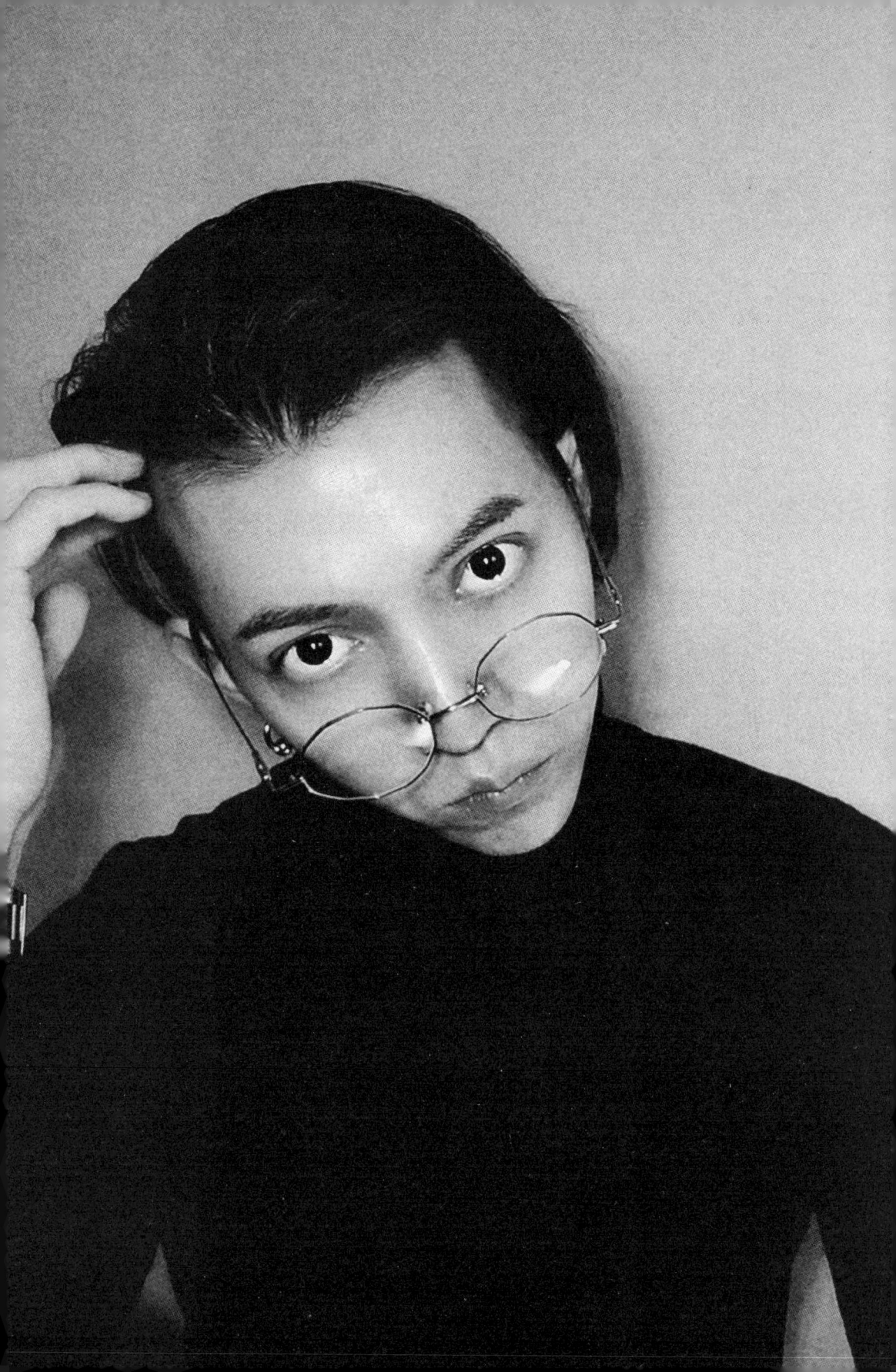

序

  从没想过自己能写诗，更没想过有一天能出版诗集，但这一切就这么神奇的发生了……

  从事舞蹈工作20余年，从表演到创作，让我快乐也让我苦恼。快乐是，我的兴趣变成了我的工作；苦恼是，没能编出一支"名扬四海"的舞蹈。如今，人近不惑，深感人生无常，曲折盘沿，眼下这副身体里究竟还潜藏多大的能量，连我自己都无法预料。

  我曾试图从其他艺术门类中寻找灵感，跨界影视，创作了歌舞网剧《爱情CEO》、MV《我们真的不着急》；跨界音乐，发表了个人唱片《天空裂开的地方》，可依旧找不到在创作之路上的答案。无心插柳的是，我在创作剧本和歌词之余，随性记录的一些生活感知，久而久之，逐渐散发出了诗歌的味道。那些画面和情绪，开始滑出束缚，拥有了自己的节奏，这种匪夷所思的化学反应，我想，大概源自于每一丝"情真意切"吧！

  不少朋友说被其中的一些文字打动了，这给我不小的鼓励。于是乎，斗胆把一些"自鸣得意"的文字编辑成册，差不多百余首。在我眼中，每一个字是一个动作，每一首诗是一支舞蹈，里面住着一个舞者，他用身体推动文字，把情感传到读者的心中。

  我一直是个在艺术上不能"安分守己"的人，喜欢把各种艺术门类杂揉在一起搞"实验"，为了把心中想说的话讲明白，可以无所不用其极的"捣乱"，也正因如此，成就了这本误打误撞的诗集。

  结尾处，对自己说句悄悄话："捣乱是灵感的亲爸爸！"

汪起正

2018年9月

edges and corners

目 录

序
寄生 /4 羽毛 /6 灰 /8 蹦迪 /11 单程 /13
春 /15 香 /17 睡眠把我遗忘在我的夜晚 /18
一条不需要水的鱼 /21 叶子 /22 忍 /24 纸飞机 /27 劫 /29 尾巴 /31
棱角 /32 减法游戏 /34 濒临绝境的光 /37 梅 /38
节食 /40 我的大白衬衫下的你的大长腿 /42
快活 /45 独舞 /47 疯婆子 /48 合算 /51 口头表扬 /52 漏掉的你 /54
迷宫 /57 逆雪 /58 缘 /60
夜中的黑马 /63 反抗 /64
不速之客 /66 骗子与赌徒 /69 我灌醉了我所有的诗因为酒里有你 /70
我想把这个世界搞砸 /73 不怕 /75 迟早 /76 巨人 /78
冬天 /80 残忍 /82 边界 /84
呼吸声 /87 食客 /88 旅行 /90 轻狂 /93
脱发 /95 纠缠 /96 硬币 /99 冰冷的墙面,有我们滚烫的体温 /100
奈何 /103 天空裂开的地方 /104 乌鸦 /107

我有一个坏毛病 /108 今生，陌生 /110
跨年夜 /113 谎言 /115 昨日 /116
耳洞 /119 骨气 /120 注脚 /123 画虎 /124
那些个，一无是处 /127 平安夜 /129
不酸 /130 天使 /132 温差 /134 年夜饭 /137
月亮用光了我们的故事 /138 痒 /141 副本 /142
加法游戏 /144 两次心跳 /146
身体，不撒谎 /149 你的夜空 /150
一根手指的告白 /152
来得快，去得快 /155 旋转木马 /156 情人节 /159
凌晨三点二十八分 /160 外号 /162 你又把我当作他 /164
情种 /167 伤痕 /169 碎片 /170
再见 /172 肖像 /175 战斗 /176 自由落体 /178
比不过钱先生 /180 瞬间 /183 我喜欢你的屁股 /184
封印 /186 这些年 /188
我要改名字 /191 有一天 /193 较量 /194 拍卖 /196 褪色 /198 影子 /201

edges and corners

我与世界有两个玩笑
要么吓你一跳
要么吓我一跳

3 edges and pillars

寄生

你寄生在
我的眼睛里
我用眼泪
驱赶你
一次又一次
可你
不打算离开
你觉得
在我眼里的你
最美

5 edges and corners

羽毛

飞飞,扬扬
悠悠,荡荡
在风中
搭车
或停,或走
那是羽毛
唯一
寻找墓地的方式

灰

终有一天
身体，会化成灰
你的，我的
轻轻一吹
都会飞
寂寞
一定，很美

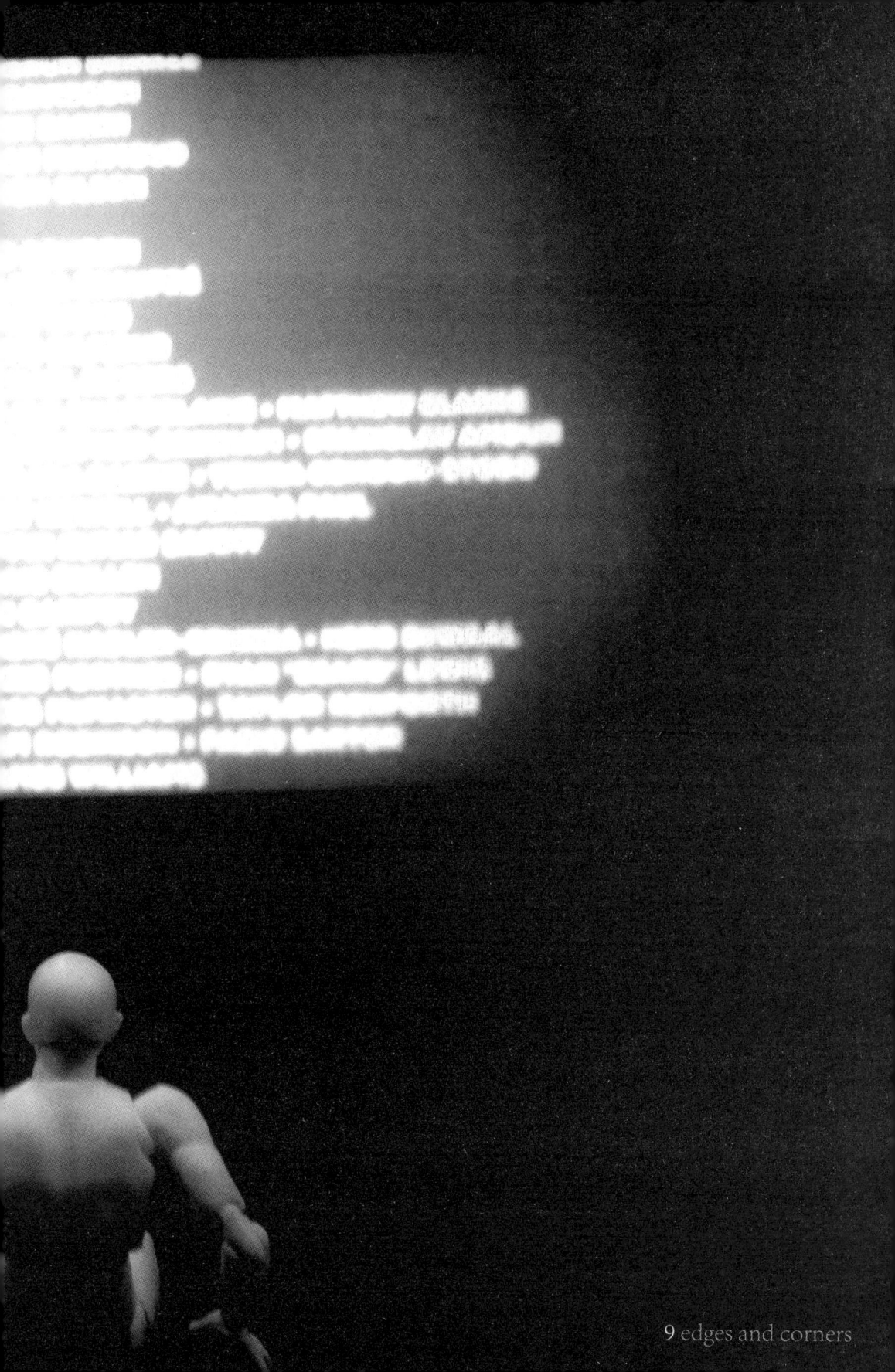

9 edges and corners

好咖啡 带着咖 攥给

CREA

蹦迪

咚刺，哒刺
嘣刺，哐刺
人们把欲望洒满舞池
你情我愿的
都是碰瓷

11.edges and corners

单程

用此生

送一个情人

一段单程

一道泪痕

13 edges and corners

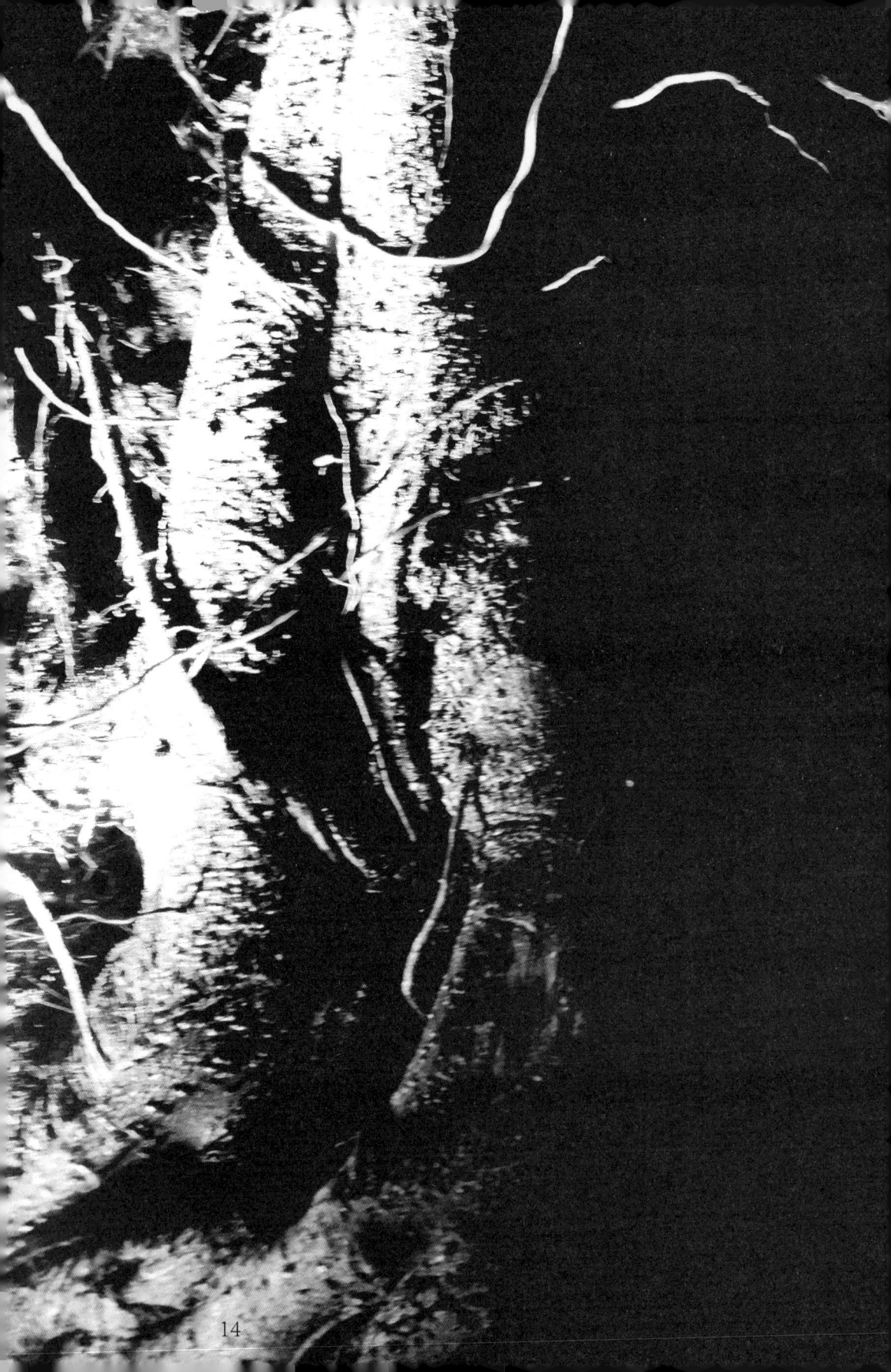

春

我并不像
多数人那样
喜欢你
你这个
满腹虚荣
无所作为的春天
除了一张美丽的脸
剩下的全是谎言

你无耻地
让我相信
我和她
会一辈子留在春天
可
当我们留在春天
却已是
昨天

15 edges and corners

느끼나 일찍이
별 있을 것이다 난 알지
눈 뜰 때서 내가 할 수 있는
한 가지 일은 바로 희선을 다해서
갖고 있어야 한다

香

如果，香

终究会消散

何必强留

那一刹的芬芳

对于彼此

都是

不怀好意

睡眠
把我
遗忘在
我的夜晚

睡眠把我遗忘在我的夜晚

第九百九十七天

睡眠把我遗忘在我的夜晚

第九百九十八天

睡眠把我遗忘在我的夜晚

第九百九十九天

睡眠很清楚

还有一天

我就能

把我的夜晚忘记得一干二净

一干二净的夜晚

肯定

没有你

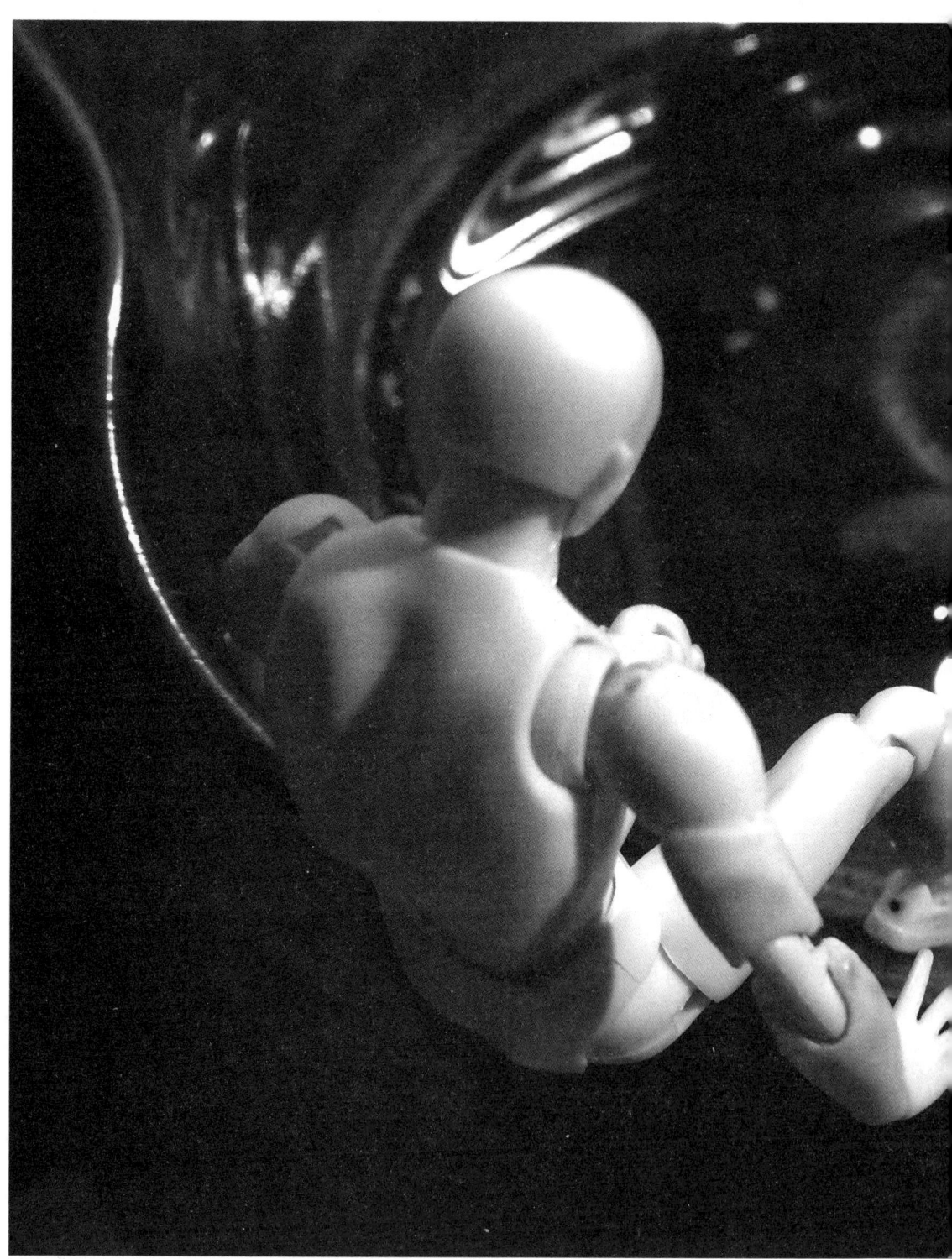

一条不需要水的鱼

我是好人,基本上

只做过一件坏事

就是在,你绝情绝义的夜晚　　　　我尽力抓住

依然反复伺候你　　　　　　　　　每一次睡着的机会

我躺在床上,看着你远去　　　　　然而,事与愿违

慢慢远去,消失在泪水里

从此,我不再睡床　　　　　　　　我的身体慢慢长出了鳞片

我在沙发上睡　　　　　　　　　　游来游去

在餐桌上睡　　　　　　　　　　　悠然自得

在衣橱里　　　　　　　　　　　　我变成了一条鱼

最后,蜷缩在鱼缸里　　　　　　　一条,不需要水的鱼

那是你,最爱,最爱,　　　　　　　此时的我,睡或不睡,都一样

却依旧丢下的鱼缸　　　　　　　　那些,相濡以沫不如相忘

　　　　　　　　　　　　　　　　都是,老思想

鱼缸空空如也　　　　　　　　　　我的快乐

没有鱼,也没有水　　　　　　　　不能用快乐来计量

干涸的,徒留一些藻类　　　　　　我的痛苦

活像一张空床剩了几张棉被　　　　不能用痛苦来歌唱

也许,鱼儿也会觉得累　　　　　　因为,我是一条不需要水的鱼

偷偷溜到大海尽头喝海水　　　　　我只在泪水里

喝到醉,才能入睡　　　　　　　　游刃有余

鱼缸摇摇晃晃,我紧紧依靠

叶子

树上
最后一片叶子
它知道
必将落下
只不过
就算落下
也要落成
一朵花

23 edges and corners

忍

叫你躺下,你便躺下

叫你张开,你便张开

任由他在你身体里

冰冷的行走

你含泪忍住

反复的疼痛

却,一言不发

你无法容忍

那个伤害你的男人

此刻

是牙医

25 edges and corners

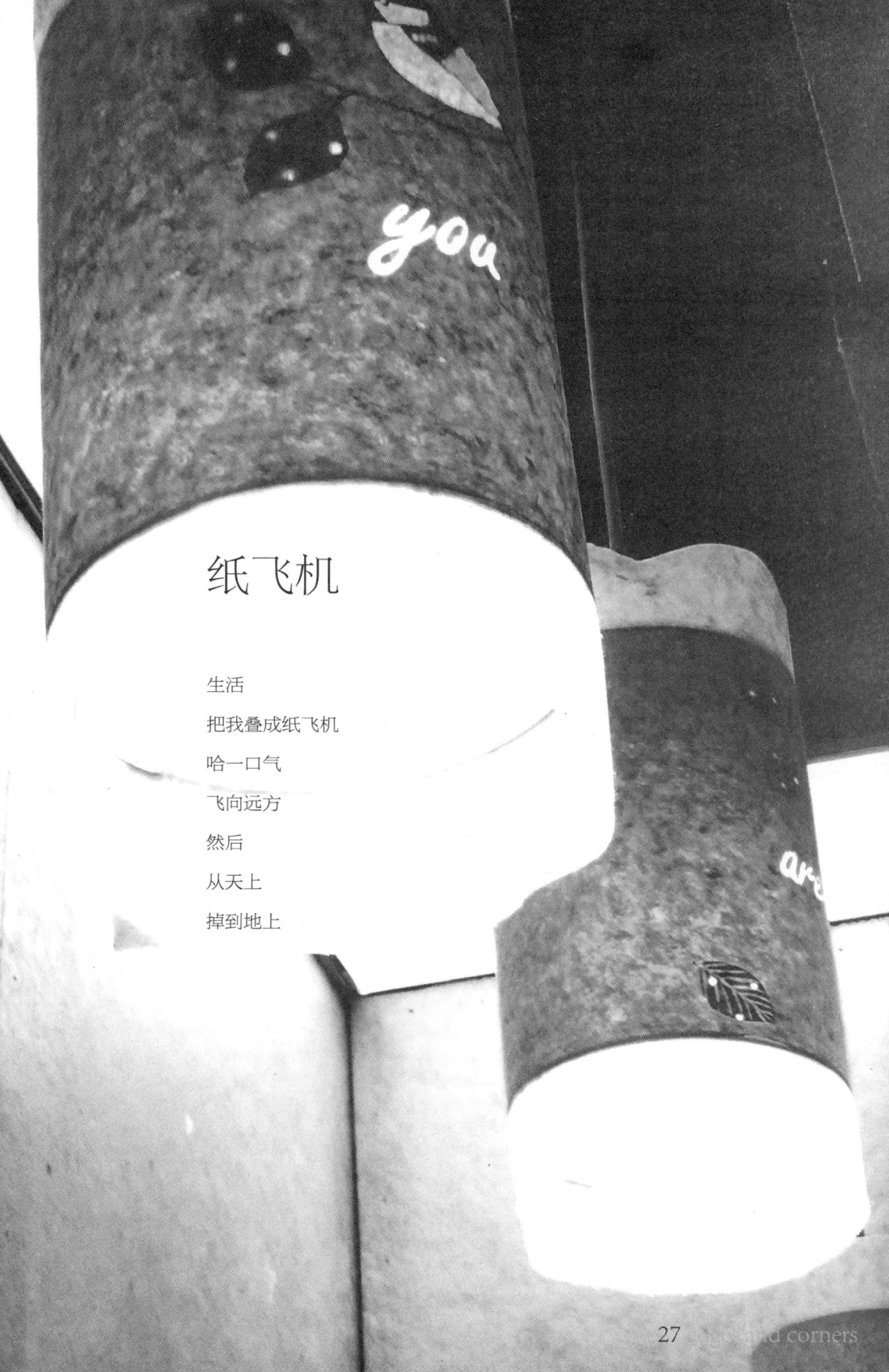

纸飞机

生活

把我叠成纸飞机

哈一口气

飞向远方

然后

从天上

掉到地上

劫

真正的爱
或许
不在你的爱情里
它偶尔活在你的嘴里
不小心跑了出去
一次次串通别人
取笑你

你固执地以为
它藏在周围的眼睛里
又或许曾经假死在自己的手里
越是蛛丝马迹
越努力
越
仅此而已

你听说
它偶尔路过心里
只是
不看 不说 不多
你终于爱上一个
你不那么爱的人
你在他的肩膀陌生的醒来
穷尽一生的
捂住疤痕
你决定躲在爱里
骗爱神

尾巴

我是你的尾巴
你是他的尾巴
尾巴瞧不上尾巴
在一起 很尴尬

我愿当爱的哑巴
娇惯你翘起的尾巴
有一天
哑巴踩到了尾巴
你打了我一嘴巴

我长大了

棱角

每一个棱角
有二条直线
每二条直线
有三个恩怨
你勾勒的
是，最完美
最稳定的
三角
每一个角度
裹杂着欺骗和嫉妒
三个人
在你的结构里
互相孤独

我们都曾是一条
放肆的直线
没有端点
任性的伸展边缘
而你，无耻的
同时爱上两个人
两个视如兄弟的男人
你围绕着
诱惑的原点
慢慢画圈

锁定彼此的平面
我们在你的三角
刀兵相见

我用橡皮
擦去我的棱角
我想打破局面
回归直线
可消失的边缘
终究不是成全
你们在愧疚的世界里
度日如年
我享受着
受害者的尊严
设计了无数拐点
自得意满的一往无前
却仍旧
徘徊在遗憾的平面
两个男人
在拐点处再次相见

沉默不言
毕竟
友情在爱情中沦陷
情有可原
占有，才是人性的本源
……
你是
棱角的起点
也是直线的终点
在你面前
我们原地画圈
慢慢消减
化成
爱的斑点

33 edges and corners

减法游戏

漂浮、城市、冷、久了、踏实
你去掉了漂浮
踏实、久了、城市、冷
你去掉了冷
城市、踏实、久了
你去掉了城市
踏实、久了
你
想
念
漂浮

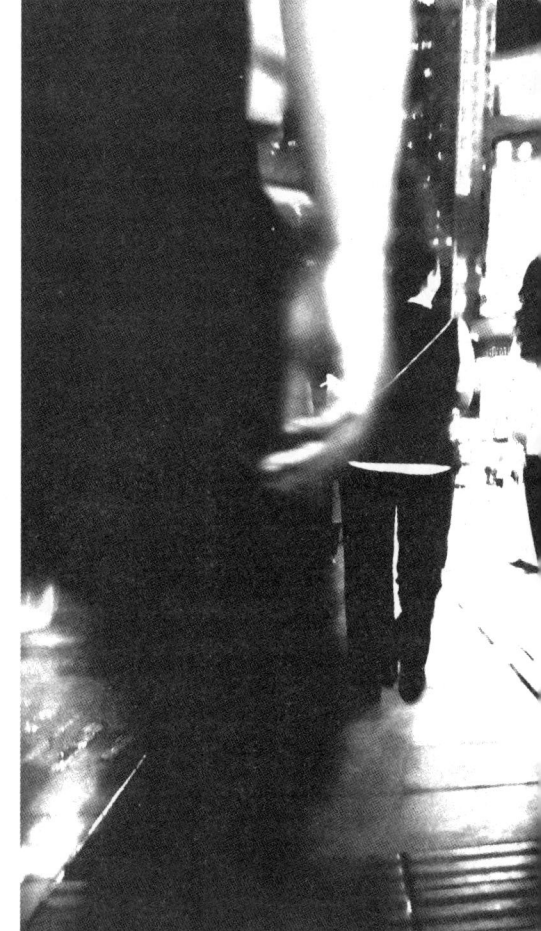

35 edges and corners

濒临绝境的光

暗麻痹着光
暗拖延着光
暗吞噬着光

暗给光做了一件
暗色的衣裳
脆弱的光
退避在冰冷的围墙
夜
从天而降

梅

孤僻的花

被挤在季节的尽头

活着

是它唯有的诉求

那些意外的赞美

让它

心猿意马

却又

骑虎难下

39 edges and corners

节食

多数人的痛苦
以两行泪水
结束

可我的痛苦

以一行口水

开始

41 edges and corners

我最爱你的样子
是你,洗完澡后
偷偷穿上
我的白衬衫
有点大,但
大得很自然

阳光透过我的眼睛
直射你的腿上
你感觉到一丝凉意
双腿盘旋夹紧
微微抖了一抖
吐一口气
你看着我看你的眼睛
咧开了嘴角
你在我的温度里
放松了

你湿漉漉的长发,七成干
斜斜耷拉一边
与你白净的脸庞相伴
那是极致的容颜
那些沉鱼落雁
根本,不值钱

在你肌肤的热气
穿透布料的那一瞬间
冉冉贴附的烟
那是天鹅的羽毛

我的
大白衬衫下的
你的大长腿

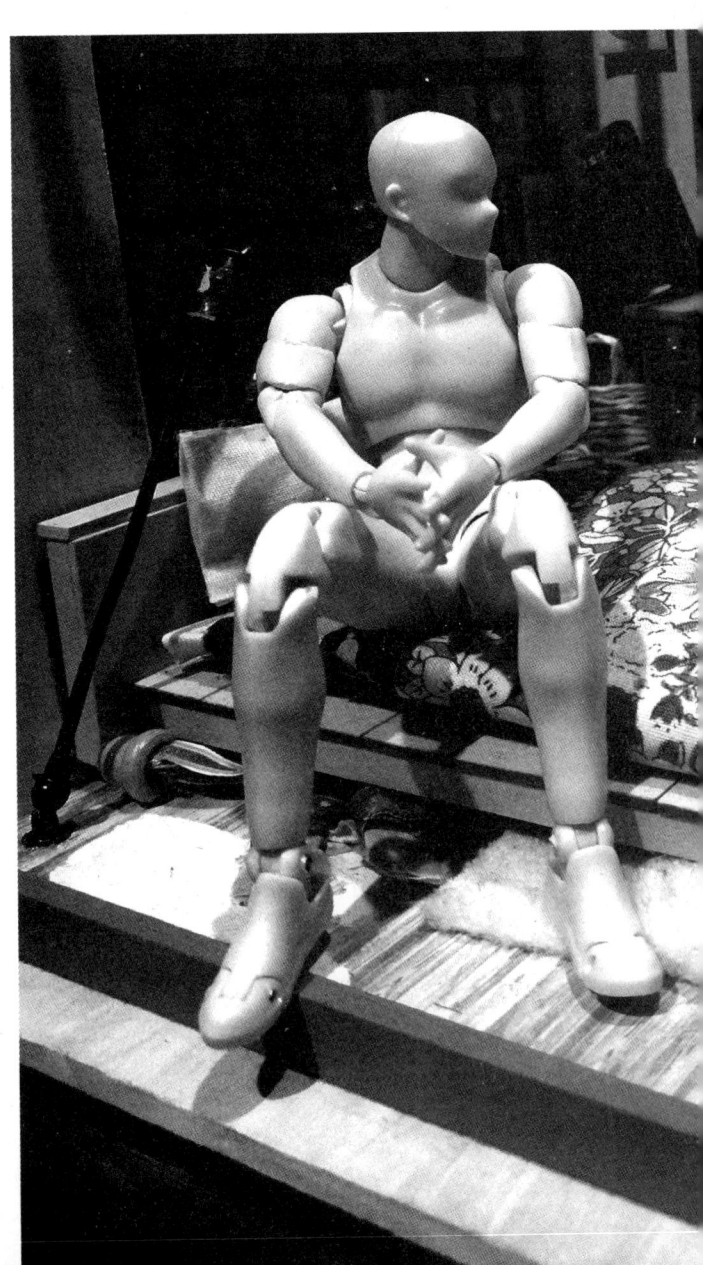

是现实世界的虚无缥缈

是罗曼蒂克的人间写照

似梦,似幻

我此刻,不过是行尸走肉

在你的面前

我交出了最后一克灵魂

我用我的衬衫包裹你

你用你的大腿包裹我

或高,或低

或偏,或倚

或深,或浅

我们在彼时彼刻的温度下,亲吻

……

如今

我们在此时此刻的温度中,相遇

你看着我

我看着你

远远的,笑看

我们年轻的伤痕

那是爱情的一万种可能

那是,白衬衫和大长腿的无能

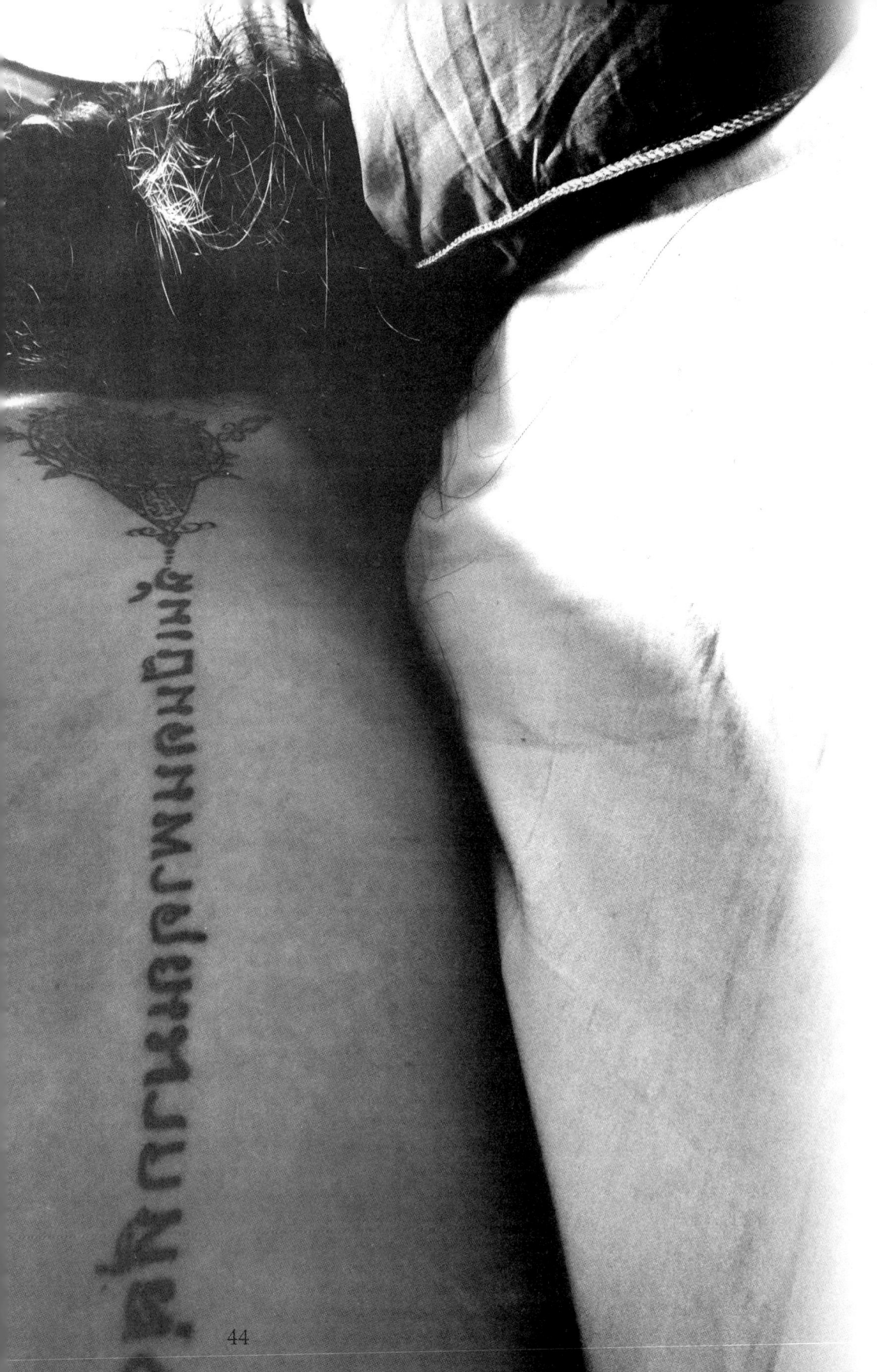

快活

不快活的我
假装快活地活着
巧遇
快活的你不懂快活
我估摸着
好一对天作之合
醒来
我快活地看着你
你说,凑活

独舞

我在伤口处起舞
一个人
跳两个人的舞步
我用动作
画出你的身体
随着记忆的轨迹
你出现，消失
又出现
又消失
我疯狂地旋转，加速
我想超过你消失的速度
去修改错误
可我忘了
两个人的赌注
一个人认真
终究会输
我的动作在哭
我的孤独在舞
我的爱
在，落幕

疯婆子

疯婆子,我终于也疯了
虽然比约定的时间,晚了一天
但总算是,成功了
你是一个
为爱而疯的女人
你说,那是一种境界
是一滴水立志化成一块冰的决绝
爱情需要柔软
更,需要硬度

只有疯子能将时间凝固
挤出轮回的痛苦
从此,我叫你疯婆子
你说,喜欢这个称呼

我们本是两个世界
我是一块透明的木头
只有大地知道我的存在
可你偏说
水也会知道
透明是我独有的光芒
有光芒就该疯狂
你拉着我

在你的大海上游荡
你说，透明的木头和冰块
在凝固的时间里，是一种货色
都能彼此看穿
你真是个，疯婆子

我沉默，你就会惊涛骇浪
我冷漠，你就会狂风大作
可我只是块沉不下去
疯不起来的木头
慢慢的
海水开始退潮

木头开始枯朽
你说，很快
你会在阳光下蒸发
我会在阳光下燃烧
我们会在风中真正相遇
疯狂地相遇

只是，我会晚你一天
毕竟木头需要时间
我知道，你会等我
你会一直等着我
你会奉陪到底
你是我的，疯婆子

合算

我是靠泪水／来擦拭爱情的／为了合算／我选择／睁只眼闭只眼

51 edges and corners

口头表扬

十岁的我
渴望口头表扬

二十岁的我
爱听口头表扬

三十岁的我
怀疑口头表扬

四十岁的我
拒绝口头表扬

五十岁的我
笑纳口头表扬

……

六十岁的我
天天口头表扬

53 edges and corners

漏掉的你

你是干大事的人
你常常这么说
要么，让所有人喜欢
要么，让所有人讨厌
一辈子足以
你信誓旦旦，成竹在胸
微笑中透出偏执
你把头发往后一背
你决定，干
……

一次，二次，失败

第三次，你说

让人喜欢，会让自己讨厌

让人讨厌，比让人喜欢

更让自己讨厌

你，停下来

静静看着夜空，一包烟

你把自己扔给世界

却徘徊在世界的洞口

你开始明白

所有人的世界不包括所有人

正如，你的世界

不完全包括你

总有漏掉的一部分

在那里，你才算是自由的

真正的自由

不讨好，不讨厌

也没有所谓的，所有人

因为

我们都是漏掉的，那一个

你开始在那里频繁与自己相遇

你把嘴巴握在手里

事情，可大可小

人情，可多可少

你与他人，相谈甚欢

偶尔的抬举

偶尔的贬低

你付之一笑

等私下没人的时候

你挥舞空拳

尽情的，忘我的

然后，笑着听见

嘴巴从拳头里窜出的声音

你漏掉了

干不了大事的你

你，可以

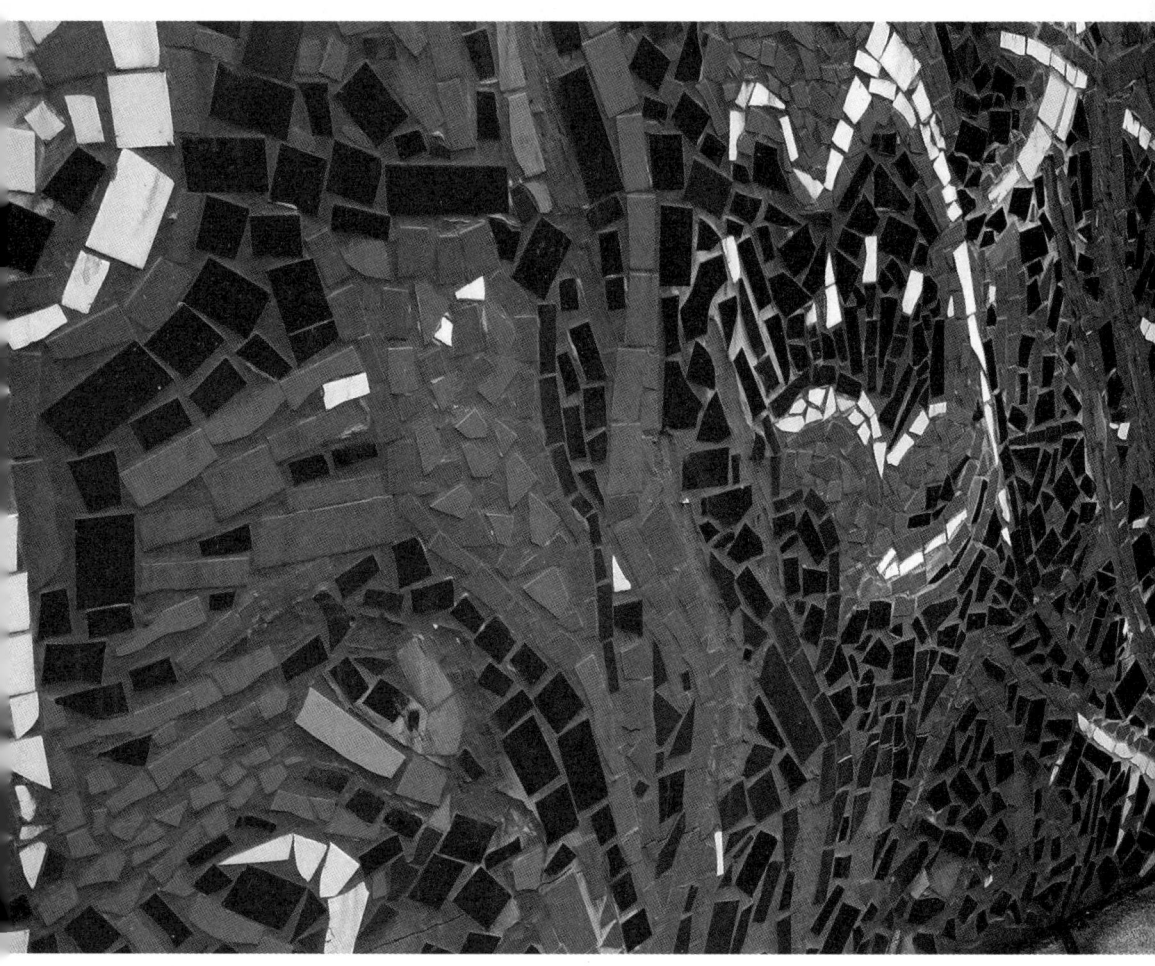

你搭建的迷宫

没有形状

没有出口

我在你的宇宙里

无限行走

你开心的时候

我往左

你伤心的时候

我往右

你寂寞的时候

我往前

你幸福的时候

我往后

你凌乱的感受

破坏我的节奏

越遵守

越,无路可走

我不太记路

所以,同样的路

走过多少遍

我记不住

只要你喜欢

我可以无限反复

有时候,走错了

你会故意给我

埋下一条回头路

我乖乖地

摸索着你的暗示

一直走

你创造着混乱的温柔

重叠缠绕，纵横交错

我照单全收

你用任性和善变

画出每个十字路口

你随心所欲的

改变着迷宫的形状

把每个出口，变成入口

我终于累倒在你的掌心

陷入你的掌纹

我的身体慢慢枯朽

你的迷宫翻转不休

你，拍一拍手

我，到此一游

一直走

直到你，满足

忽左忽右

忽前忽后

旋转我的迷宫

旋转着阴谋

我说，我听你的

只要你指的路

我都敢走

迷宫

逆雪

地上的雪
慢慢
回到天上
所有
伤痕的脚印
就此,消失
我们僵在逆雪中
看时光倒转
如若,再见
两不相欠

59 edges and corners

缘

修长而纤细的手指
夹着半支烟
两扇红唇之间
溜出一个圈
在空气中
弥漫,消减
撞向我的脸

我等待着
你的宣判
犹如死亡来临之前
生命无能为力地衰减
虽然料定这一天
却依然心怀侥幸的,上了前线
爱到嘴边
却频频搁浅
有缘,没缘
说到头

钱

61 edges and corners

黑色的马在黑夜中
把黑捅了个窟窿
向前冲
然后一直冲
有人说 徒劳无功

黑色的马在黑夜中
把黑捅了个窟窿
一直冲
然后使劲冲
有人劝 坐吃山空

黑色的马在黑夜中
把黑捅了个窟窿
使劲冲
然后 不动
有人笑 匹夫之勇

黑色的马在黑夜中
把黑捅了个窟窿
它不动
然后 笑容
身后的窟窿
钻出一条龙

黑夜失控

夜中的黑马

反抗

猪
瘦死了
它想
两败俱伤

65 edges and corners

不速

之客

对不起
每一个没有你的地方
都因为我
变得
更寂寞

67 edges and corners

骗子与赌徒

一个骗子

想骗你的身子

一个赌徒

想赌我一辈子

遇见那天

两个你我

两个段子

我灌醉了我所有的诗

因为酒里有你

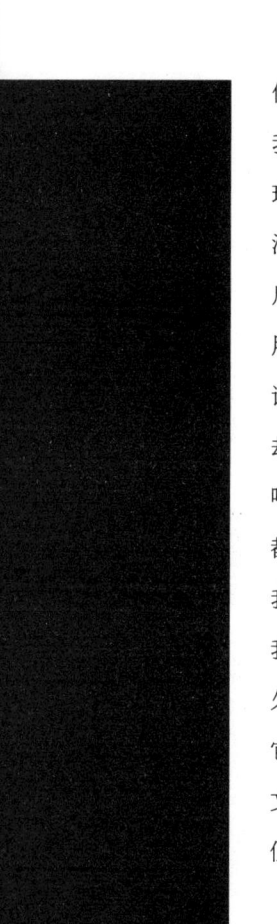

你走以后

我爱上了喝酒

理由很简单

酒里，有你

后来，我开始写诗

用文字松弛自己

让自己变回自己

却惊讶的发现

喝过酒的诗

都有你

我很生气

我灌醉了我所有的诗

久而久之

它们都成了酒鬼

文字里充满了酒味

但，我很清醒

我的诗喝酒

但，不说酒话

我说想你

其实，我不想

我说爱你

其实，我不再爱

那些只是

刺激灵感的游戏

现在的我

只在寻欢作乐的时候喝酒

看着身边不同的女人

我很快乐

我绝不会

想起你

我没有了你的消息

一点也没有

你对我的伤害

早已忘记

我的诗，可以作证

当然，偶尔我的诗喝醉了

我们还是会见面

在那里

我们会拥抱

会亲吻

会读诗

会在那里，纠正错误

你不是别人的妻子

也没有别人的孩子

你和从前一样

没有长大

……

但，我老了

我只能喝酒

我只能把我写的诗都灌醉

因为

酒里，有你

酒醒了

你也走不出去

71 edges and corners

把这个世界搞砸

我想

昨天
我搞砸了
今天
我搞砸了
明天
我想继续
却在今晚 遇见她
我搞砸了
……

73 edges and corners

不怕

到底是
谁
想用
这一块巧克力蛋糕
暗算我
和
我的体重
有种
再来一块

榴莲的

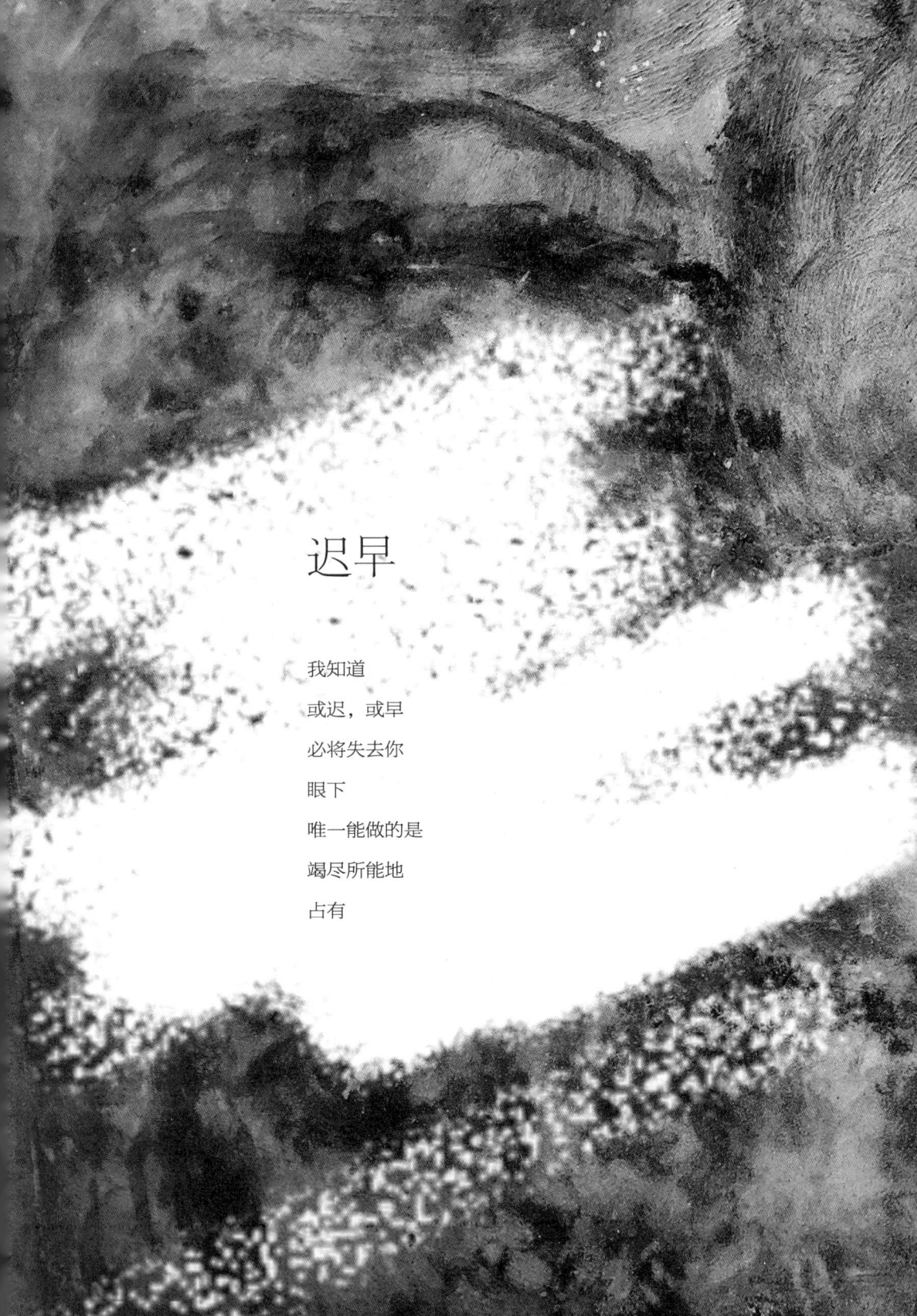

迟早

我知道
或迟，或早
必将失去你
眼下
唯一能做的是
竭尽所能地
占有

巨人

世上仅存的两个巨人
终于在
一滴水中，相遇
你我都知道
劫数难逃
毕竟，一滴水
只容得下一个
我们俩注定
有一个会消失
这是造物主
对孤独的宠幸
你我沉默，沉默
摇晃中
等着水滴滑落

我们有巨大的心脏
装得下整个大地
我们有巨大的臂膀
撑得起整片天空
却只能挤在一滴水中
接受宿命的悲痛
无所适从
你是传说中
最闪烁的巨人
水滴布满了光芒
如一颗钻石
我的眼睛
感到一丝刺痛
你在光亮中露出微笑

然后，伸出食指　　　　　　　　　　　　　　拥抱的身体
轻轻地　　　　　　　　　　　　　　　　　　成为抽搐的锁链
触碰我的指尖　　　　　　　　　　　　　　　捆绑彼此
顿时，水滴翻滚　　　　　　　　　　　　　　我们奄奄一息
天旋地转中　　　　　　　　　　　　　　　　你的光亮在我手中变淡
我与光，拥抱　　　　　　　　　　　　　　　水滴的黑暗
　　　　　　　　　　　　　　　　　　　　　随之而来

这是，最恶毒的　　　　　　　　　　　　　　我，终于
一见钟情　　　　　　　　　　　　　　　　　见到了恐惧
也是，最善良的　　　　　　　　　　　　　　那是绝望的上帝
自相残杀　　　　　　　　　　　　　　　　　在寻求刺激
水滴的空气　　　　　　　　　　　　　　　　……
越来越薄　　　　　　　　　　　　　　　　　坠落，坠落
你我呼吸困难　　　　　　　　　　　　　　　于事无补的我
　　　　　　　　　　　　　　　　　　　　　于事无补的懦弱
　　　　　　　　　　　　　　　　　　　　　从此
　　　　　　　　　　　　　　　　　　　　　巨人的神话
　　　　　　　　　　　　　　　　　　　　　只有一个
　　　　　　　　　　　　　　　　　　　　它在孤独的水滴中
　　　　　　　　　　　　　　　　　　　　　顺着脸庞
　　　　　　　　　　　　　　　　　　　　　滑过

冬天

很多人歌颂过冬天
不差我一个
我歌颂冬天
只因为
我是在冬天,遇见你
从此
冬天结束了

81 edges and corners

残忍

我承认
我在逃避你
我曾无数次摧残自己
每一次的心狠手辣
都泪如雨下
我忍气吞声地
面对鲜血与疼痛的惩罚
你说我
对自己太残忍
可是

让你帮我
挤痘
更残忍

83 edges and corners

边界

你爱上了别人
却依然爱着我
你不是叛徒
你说的
我偷偷用刀刃
在心上画出一条红线
让我们能分辨
在不可琢磨的边界之内
你爱我 我爱你

你秘密地
把秘密泄露出来
犹如鱼饵对鱼的考验
吃与不吃
不过彼此的算计
你吻我
我吻你
在相互的呼吸中

我们的人格开始混淆
却又拼命分辨
你爱我
我爱你

我们散步到崩溃的边缘
面对悬崖
你我说出别人的名字
然后
彼此推了一把
没有惊讶
没有慌张
没有过场
我晃动刀刃把红线拉长
站在边界的两端
你我彼此分辨
你爱你
我爱我

85 edges and corners

呼吸声

你是我的呼吸声
只在你
长吁短叹的时候
我才察觉
你显露的是
我的毛病

食客

我吃你一口

你吃我一口

我们互相品尝着对方

你喜欢

在伤口上

撒点盐

我喜欢

在痛苦上

浇点甜

我们的口味不尽相同

但,对于饥饿的人

味道,不重要

听说

把对方吃进肚子

就能变成对方的样子

难怪

我被你吃掉的一半

开始嫌弃另一半

剑拔弩张

愈演愈烈

这是我见过最激烈的对抗

也是我们这辈子

最般配的形状

一半我一半你

一半你一半我

我们的身体里

都摄入了对方的身体

随着嫌弃的结束

原本的我和你

变成了你和我

我们交换了彼此

默契的开始

下一顿

我吃掉你

你吃掉我

我变成你

你变成我

一种

穷凶极恶的重复

常常称为俗人眼中的幸福

现在

已经没有人比你我

更熟悉你我的味道

我们成为彼此的食客

饥饿的吞噬快乐

慢慢

我们的食量

变少

我们的嘴巴

变叼

我们把自己烹做食料

一口

一口

将爱人喂饱

一顿

一顿

品尝到

天荒地老

旅行

我从你的身体
遨游了全世界
唯一没有
去过的
是你的心

91 edges and corners

轻狂

你相信

你的翅膀早就硬了

只是

冲出家门后

大雨

大风

大太阳

没机会飞翔

脱发

那些没有了却的心愿

最终会变成

一根根头发

顺着时间

落下

叹息在阳光下蒸发

圆滑有什么可怕

全是打磨的年华

大不了硬着头皮

顶起天空

讲笑话

纠缠

我终于相信

那些

缠绕过的

浸透过的

领会过的

你如发丝般的片刻暧昧

此刻,都成了灰

亲密的荒唐让我疯狂

也让我逼近死亡

听说人在垂死之间

才能领悟

又或者说

更加执迷不悟

我在无限循环中遇见你

然后埋下一个标记

如果事情大多事与愿违

那么,我诅咒

从这一刻起
你是我幸福的终点
我诅咒一切
美好的,快乐的
都与我无关

我们在老去的黑色海洋里求救
彼此折磨对方的自私
最后你上了船
看着我被海水吞没
你终于少了那么一点理直气壮
那一点点的痛惜
化作我的标记
从今以后
祝福你诅咒我
祝福我诅咒你
我循环在你的循环里
我们烧了标记
永远地纠缠下去

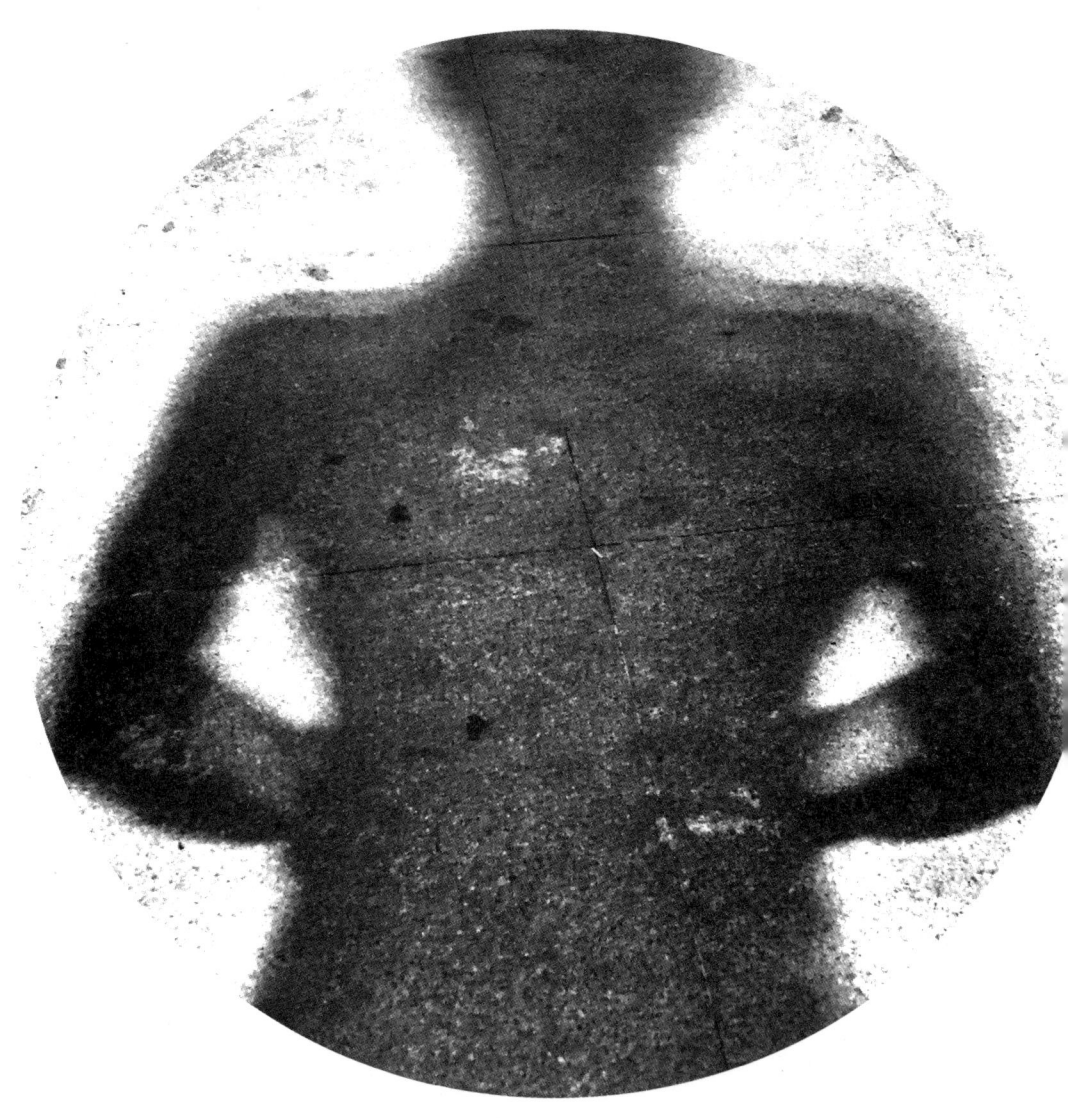

硬币

我是一枚
孤单的硬币
我把自己
投入你的体内
落入深渊
是我唯一的宿命

冰冷的墙面，
有我们滚烫的体温

我往前一步

你退后一步

我逼进一步

你妥协一步

三步

四步

五步

我把你安放在墙壁深处

你看着我，看你

我看着你，看我

你贴着墙壁

我贴着你的身体

时间，扭曲

你我的眼神

在虚空中交汇

拧成一团

那是火花爆炸的起点

如若拉动引线

哪怕是黑洞的尽头

也逃不过照亮的危险
我的脸,慢慢靠近你
你的脸,慢慢靠近我
我们都知道最后的结果
可挣扎才有快乐
我们必须,遵守规则
你闭上眼睛
等待我们唇齿的相遇
逼近,逼近
零距离,逼近

你的体温已经在墙面上
印出了你的轮廓
冰冷漩涡着炽热
既不反抗,也不示弱
我决定与你的轮廓重合
扭曲着变成一个
半个,承诺
半个,过客

101 edges and corners

奈何

言听计从

反复地,言听计从

我褪去一切

外壳

曝露在

光天化日之下

你的眼睛和手

冰冷无情地

掠过我

里里,外外

不知何时

我才能有尊严地

过安检

天空裂开的地方

我是一棵草

厌倦被风吹着跑

我想变成石头的角

至少形状不会老

天空裂开的地方

没有飞鸟

漂浮在黑色里的云

是你的脚

当石头被扔向天空

撞醒了风暴

我在找　你在跑

我们从柔软变成坚强

丢掉了笑

看

在天空裂开的地方

闪电在逃亡

我躲进龟裂的光芒

却踩踏了你的悲伤

也许吞掉光芒的是方向

也许压死心脏的

是希望

逆命而长

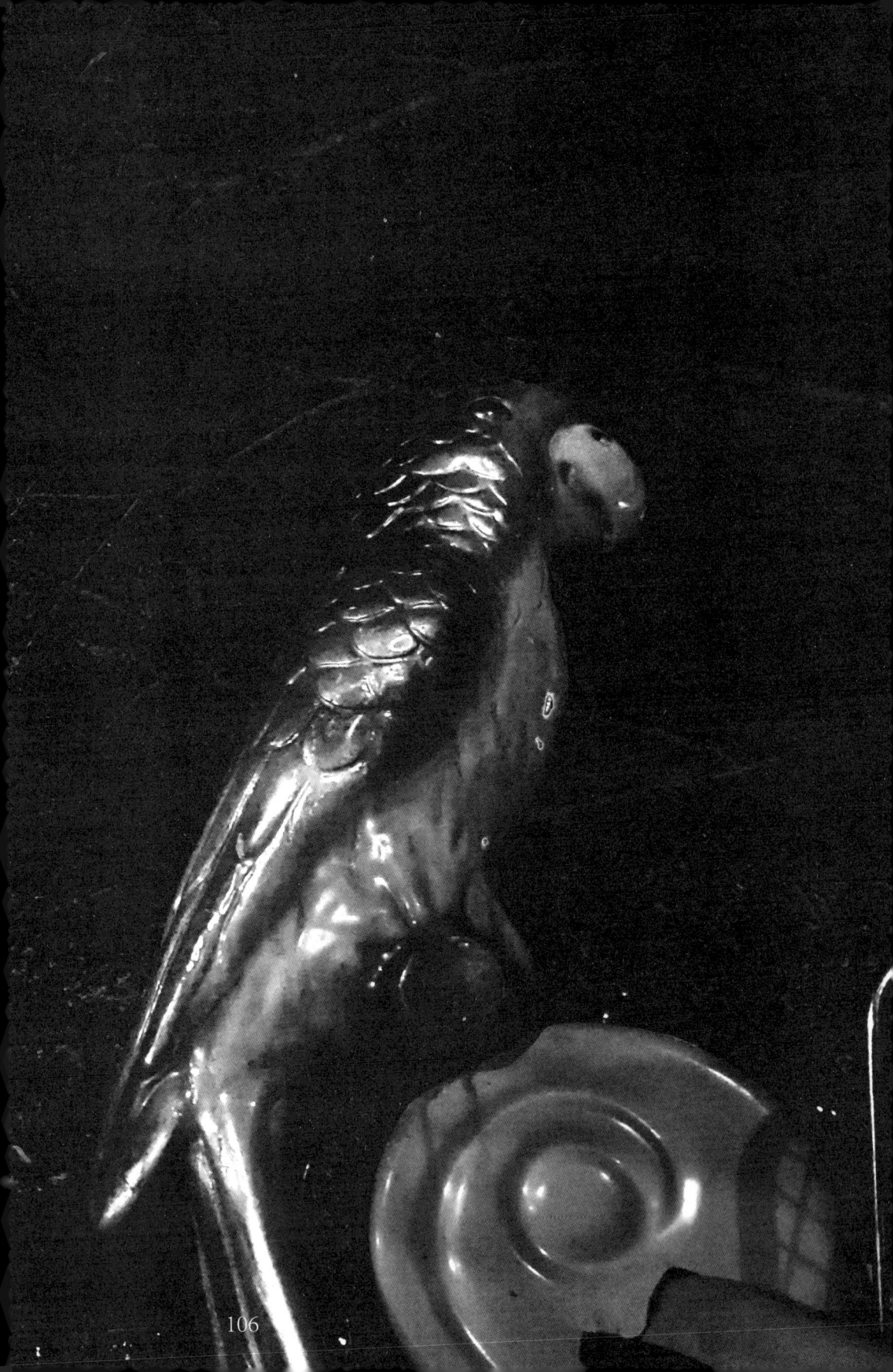

乌鸦

人死后
乌鸦
会带走孤独的灵魂
但是
不带走，孤独
……
慢慢
孤独淹没了活人

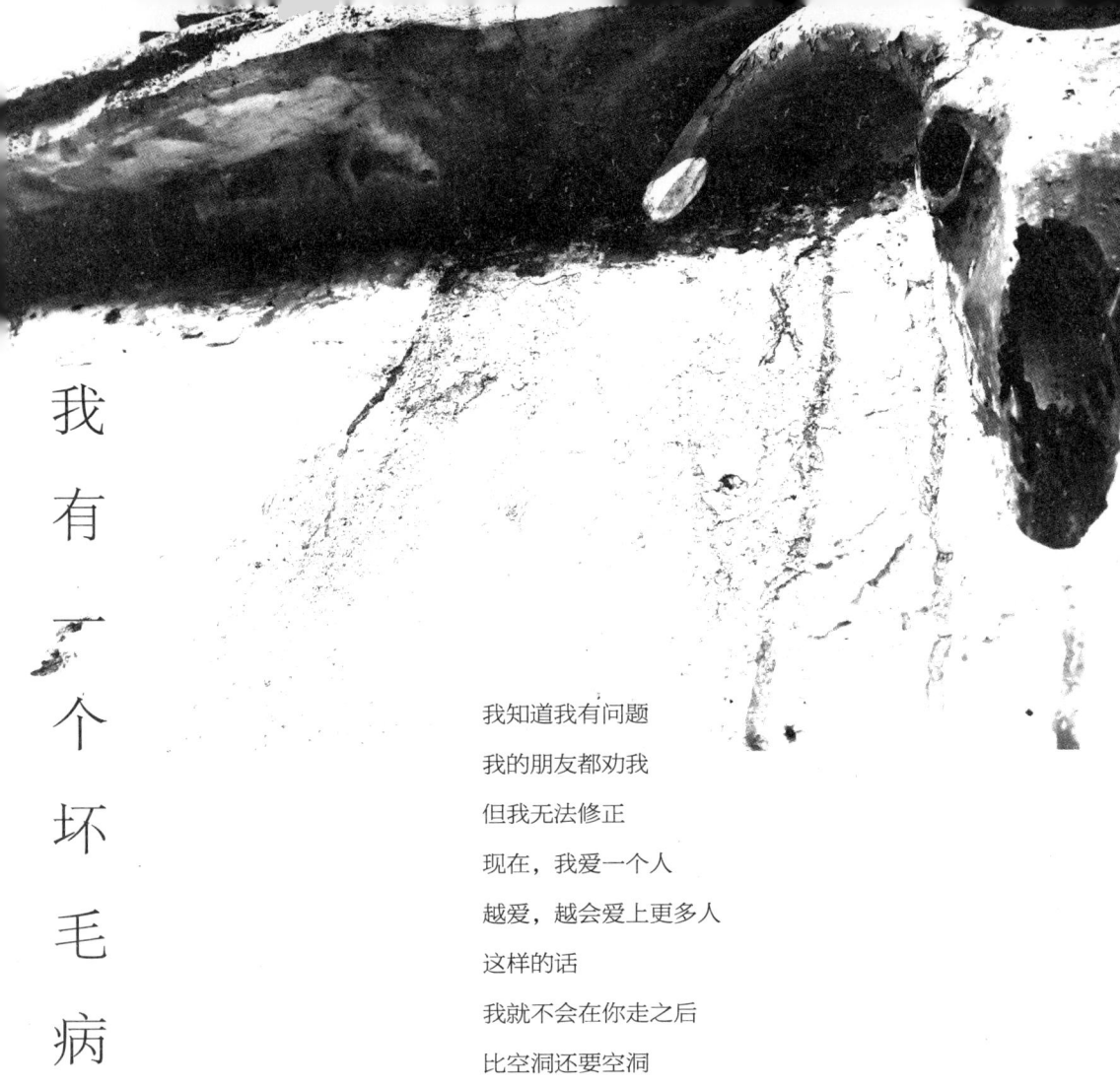

我有了个坏毛病

我的性格很怪

每当，我爱上一个女孩

一定会同时爱上另一个

这样，在女孩离开的时候

我就不会那么心痛

因为，有一半的爱

分给了别人

我能够做一半的，无痛人

至少可以，安全一半

我知道我有问题

我的朋友都劝我

但我无法修正

现在，我爱一个人

越爱，越会爱上更多人

这样的话

我就不会在你走之后

比空洞还要空洞

比痛还要痛的

对自己糊弄

笑自己，没用

我养成了一个坏毛病

爱上一个人有多少

就爱上，多少人

这个病

是你赐给我的

当然

肆无忌惮地

伤害我

你也没有什么好下场

我孤身一人

听说到目前

你也一样

都是,恶有恶报

我知道我很自私

但毕竟,我是你的作品

我当初那么爱你

你依然丢下我

我们为了彼此的安全

互相伤害

而,可笑的是

多年以后

我们重逢

你却说,我背叛了你

你怎么可以这样

你放弃我之后

我也曾爱上过别人

虽然,我是害人害己地爱

但是

罪魁祸首,是你

伤害我和她们的

最终还是你

这些都必须记在,你头上

……

爱上,同时爱上,再同时爱上

反复叠加

最后,爱上同时爱上

好一张自作自受的处方

得了病,这个样

治了病,还这个样

关于孤独

咱俩

谁也别赖账

今生，陌生

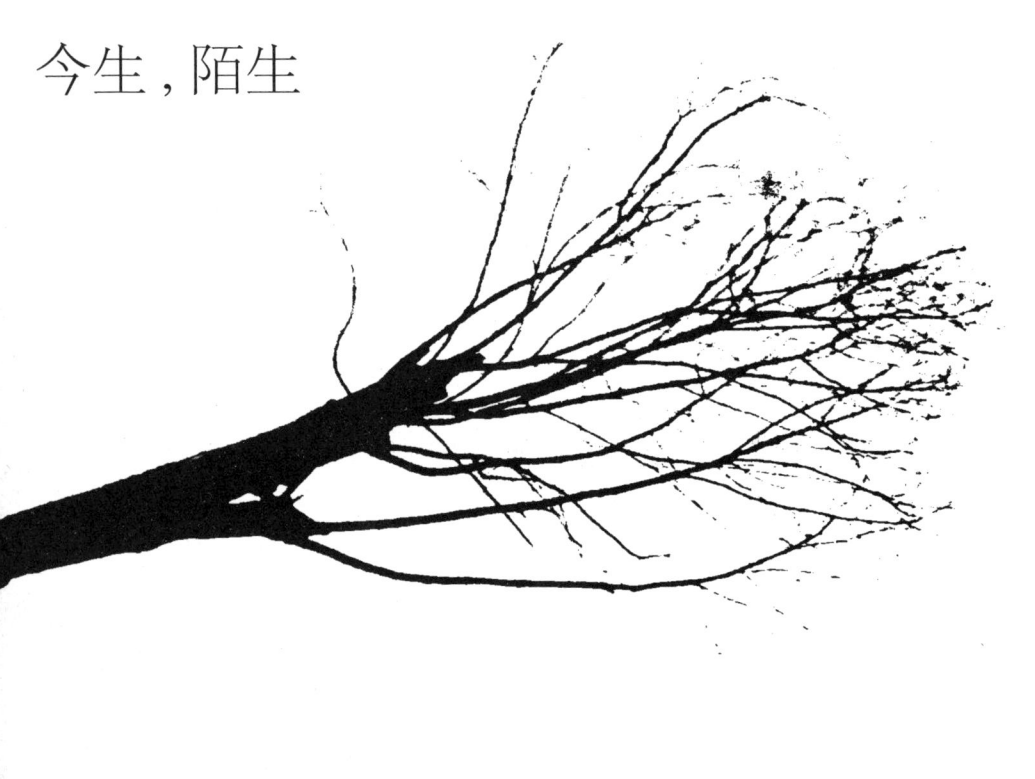

如果有前世

我们一定是变本加厉的,去爱

消磨了所有的缘分

我们一定是横行霸道的,去爱

折磨了所有疯狂的可能

最后,天神妒忌了

将你我打入轮回

不然,今生

不会,陌生

如果有前世

我们一定是用掉了所有时间,去拥抱

好让彼此身体长在一起

我们一定是占用了所有空间,去亲吻

好让彼此呼吸连在一起

最后,天神妒忌了

将你我打入轮回

因此,今生

注定,陌生

如果真的,有前世

我一定是带着你抓住了月光

只为我俩的黑夜,去浪漫

羡煞了天和地

你一定是陪着我搅乱了天堂

只为我俩的情话,去感伤

惹怒了多情的太阳

最后,天神妒忌了

将你我打入轮回

今生,陌生

来生,我们

等

111 edges and corners

跨年夜

我们一起享受着

这一分钟

然后

浪费余下的一年

享受

下一分钟

我在你的故事里
捡到你的泪水
我穷尽一生
去拼凑
去还原
爱的谎言

谎言

115 edges and corners

昨日

我们把表拨慢了十分钟
只为过一次昨日
我们很默契地回到
那个你我
没有走散的年代
终于
你说了我爱你
终于
我们属于了彼此
终于
我们不老了
现在没有人打扰我们
就算有
也不理会了
任凭时间把我们打磨
我们说出了相同的故事
然后，笑着摇摇头
只想感谢
心中还有彼此的挂念
为了相见
你我熬过了时间

你笑着哭了
我也是
现在好了
时间是我们的
是我们垂死挣扎出来的
昨日快乐
过一次快乐的昨日

我们拥抱在一起
夕阳燃烧着
看得清楚你的皱纹
还有我的
我们浪费过青春
肆无忌惮地浪费过
幸福吹开你的嘴角
你含情脉脉地看着我
我们许下心愿
吹灭了残阳
然后彼此满足地松开
昨日快乐
十分钟
到了

一个

为了被赞美

而故意保留的伤口

它唯一的反抗是

趁你不备

快速愈合

引起你的焦虑

诱惑你的惦记

你，一次次

穿透它的血迹和空隙

那是你们最

心有灵犀的

害人害己

耳洞

骨气

软了舌头 泄了劲头
从了骨头 尝了甜头
学了磕头 博了彩头
丢了拳头 栽了跟头

我是血气的骨头
爱上了骨气的舌头
也许注定不能活到最后
当个酒里的老头
土地里挖出负隅顽抗的骨头
却埋不掉恶毒的舌头
那又何必贪恋那个金色的枕头
丢了一开始的念头

121 edges and corners

注脚

一个高贵的名词
配上美好的形容
在骄傲的一页
成为耐人寻味的句子
那一刻的优雅，华丽
是你的意义
你不会注意我
这个平凡的注脚
在你下方，安静的
小配角

我因你而生
可，与你相比
我乏味，冗长
虽意义相同
却只能仰望
有人懂你
我就被忽略
有人困惑
我就被发觉
说我是你的影子
太抬举
你频频出现在
别的页面中
你不仅是关键词
更是个多义词

你的注脚太多
在不同的段落有不同的解释
而我的出现
第一次就是最后一次
这怎么配叫，影子

有时候
我也在寻找我的注脚
会不会在
某本书
某一页
某个断章
我也能享受到
主角的荣光

我知道那是妄想
可注脚也有梦想
也许有一天
你迷失在字里行间
被新词代替
被人遗忘了字面的意义
没人再关心
优雅，华丽
如果，你愿意
不管段落，句子
在哪里
我这个注脚
陪着你

画虎

你画了一只虎
你喜欢这只虎
你很满意

有人说这虎像猫
有人喜欢这只猫
你不满意

众人说这虎像猫
众人喜欢这只猫
你反抗

你看着这只猫
你知道它不是猫
你说,它是
想当老虎的猫

125 edges and corners

那些个，
一无是处

我在我与顽固之间

编了个故事

故事把顽固的我

磨成了茧子

挡着手里漏走的沙子

茧子找乐子

顽固和我

争面子

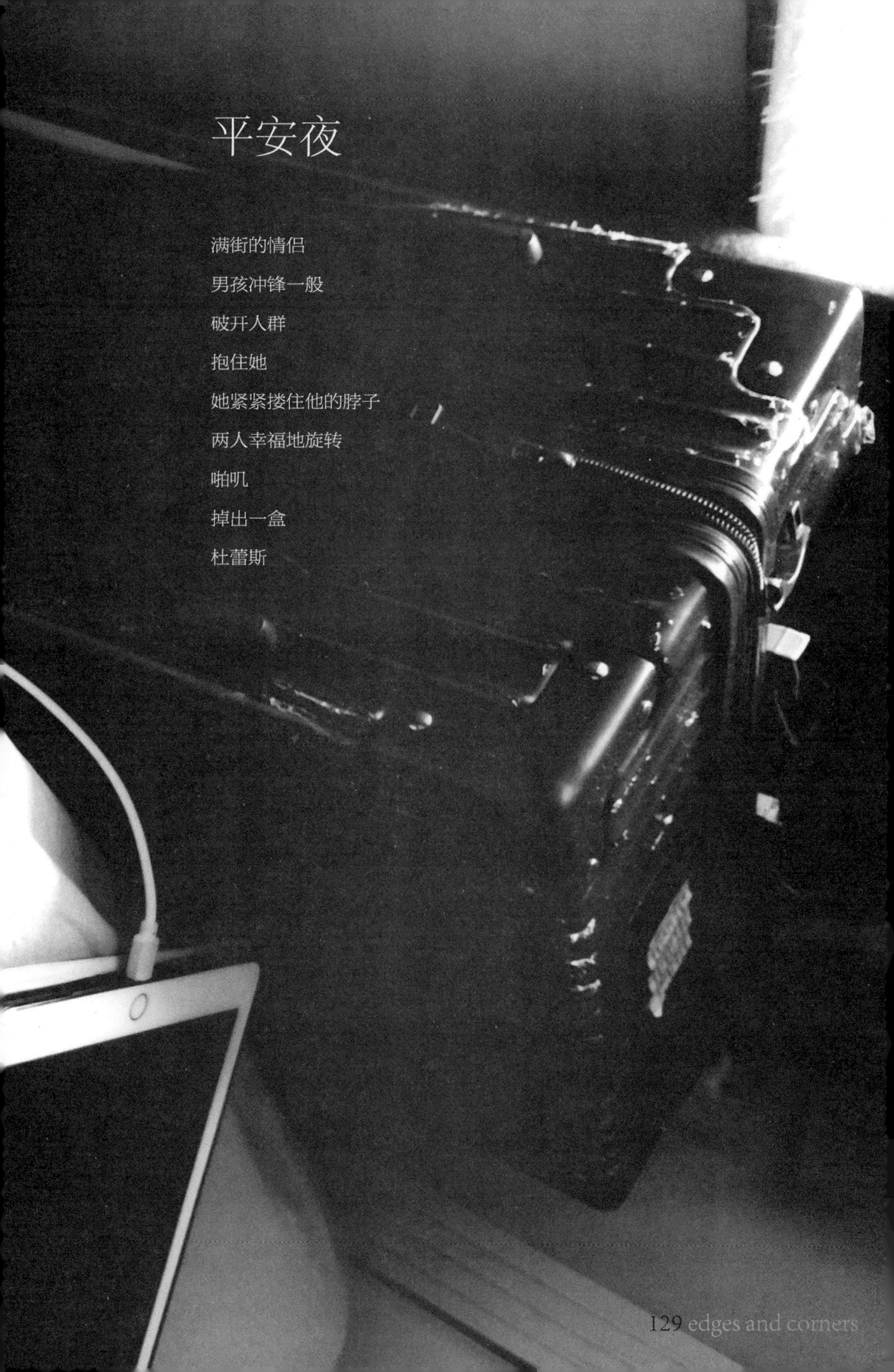

平安夜

满街的情侣

男孩冲锋一般

破开人群

抱住她

她紧紧搂住他的脖子

两人幸福地旋转

啪叽

掉出一盒

杜蕾斯

不酸

醋对柠檬

开了个玩笑

等到

柠檬不酸的那一天

便可以吃醋

柠檬,想改变自己

就和

蜂蜜好了

131 edges and corners

天使

我没有见过天使

我不知道她的样子

我想

把她当作你

你曾把我从地狱里救出

满怀好意地

又把我送进另一个地狱

我想

感激这个故事

我想

再次被你拯救

日复一日地

被你拯救

可你常常也拯救别人

我听说

天使都有翅膀

我想

你可能也有

你曾带我飞到最浓的未来

满心欢喜地

用爱情搅拌出蝴蝶样的泡沫

你很喜欢

可我忘了蝴蝶也插着翅膀

和你一样

霎那间

蝴蝶飞了

不过我依然高兴

毕竟爱情

还有泡沫

如果说天使都长得很美
我想
你是她们中最美的那个
你曾说过在最老的地方等我
满心期待地
我等到的是我对自己的嘲笑
在故事里
天使肆意地出现
可故事锁不住天使
最终
我见过天使
我知道她的样子
我想
她就是你
我在泡沫上打着泡沫
一个
两个
三个
四个
……
日复一日地
我想
故事会了结在泡沫的结尾
泡沫会破出凄美
偷偷地说
你是魔鬼

温差

一杯热水
死了
杯子很高兴
毕竟
它认为
和冷水在一起
迟早
是
的

135 edges and corners

年夜饭

此刻

我们与美好之间

只隔了

一桌菜

在无限拉近之时

美好把我们

先

灌醉了

……

美好，你要赖

月亮用光了我们的故事

月亮喜欢讲故事
那些关于你我的故事
是它最喜欢的
由于我们相爱,在夜晚
所以,月亮自作多情地认为
功劳,是它的
月亮把我们的故事
散播出去
让太阳,星星,山川,大地,
江河,湖泊,都知道
月亮一遍又一遍地赞美
享受着这份成就
让你我曝露在
众目睽睽的羡慕中

我们,被祝福
被传诵
被效仿
可,天一亮
羡慕就成了嫉妒
我们的故事,变得虚假

变得做作

开始被诋毁

走向了另一个结局

后来,我才知道

是月亮用光了我们的故事

开始了虚无的编造

你我决定着故事

也同时被故事决定

我们被曾经的赞美逼向了深渊

月光,贴在我们的身上

夜晚,趴在我们的背上

你我和浪漫试图反抗

可终究,斗不过月亮

那是命运编织的网

缘分,注定上当

爱情扮演的月亮

一边哄你一边讲

让我一半梦,一半想

我们听着故事

看月光

慢慢,死亡

痒

指尖
在大腿内侧来回
一道道红色
印刻在
白嫩的皮肤
那是快感的轨迹
你
加快速度
锁紧眉骨
微不足道的满足
你恨你没买
过敏药

副本

千百次地
复制，粘贴
你把你的副本
发送给爱情
你说
如果被退回
删除时
伤害最低
每次，你听见
回收站的揉纸声
那是你又一次
防卫胜利
或喜，或悲
刹那间
你的嘴角和眼角
背道而驰
闪出一丝遗憾的料事如神
你娴熟地打开原件
修改，保存
复制，粘贴
然后
等待，删除

其实
你的原件
早已面目全非
你的防卫
早已不攻自破
但，你不会承认
你坚信
只要有副本

就是安全的
爱情，让人渴望又可怕
那一种互相折磨
又心甘情愿的任性
你没有
渐渐地
为了存在而存在的副本
开始覆盖原件
有时候
你也对自己道歉

你熟练地删除副本
维护平衡
可，你发现
越把副本发送给爱情
就离爱情越远
那些所谓的防卫
只会，统统退回
陷入满存的狼狈
你，千百次地
在副本上徘徊
那些付出有去无回
可你说，无所谓
谁错谁对
谁是谁非
不认，不后悔
你要在爱的黑名单上
把黑
删成美

143 edges and corners

加法游戏

单身,狗
我借了点钱
面子,单身,狗
我又借了点钱
爱情,面子,单身,狗
我再借了点钱
酒精,爱情,面子,单身,狗
……
我买不起幸福

145 edges and corners

两次心跳

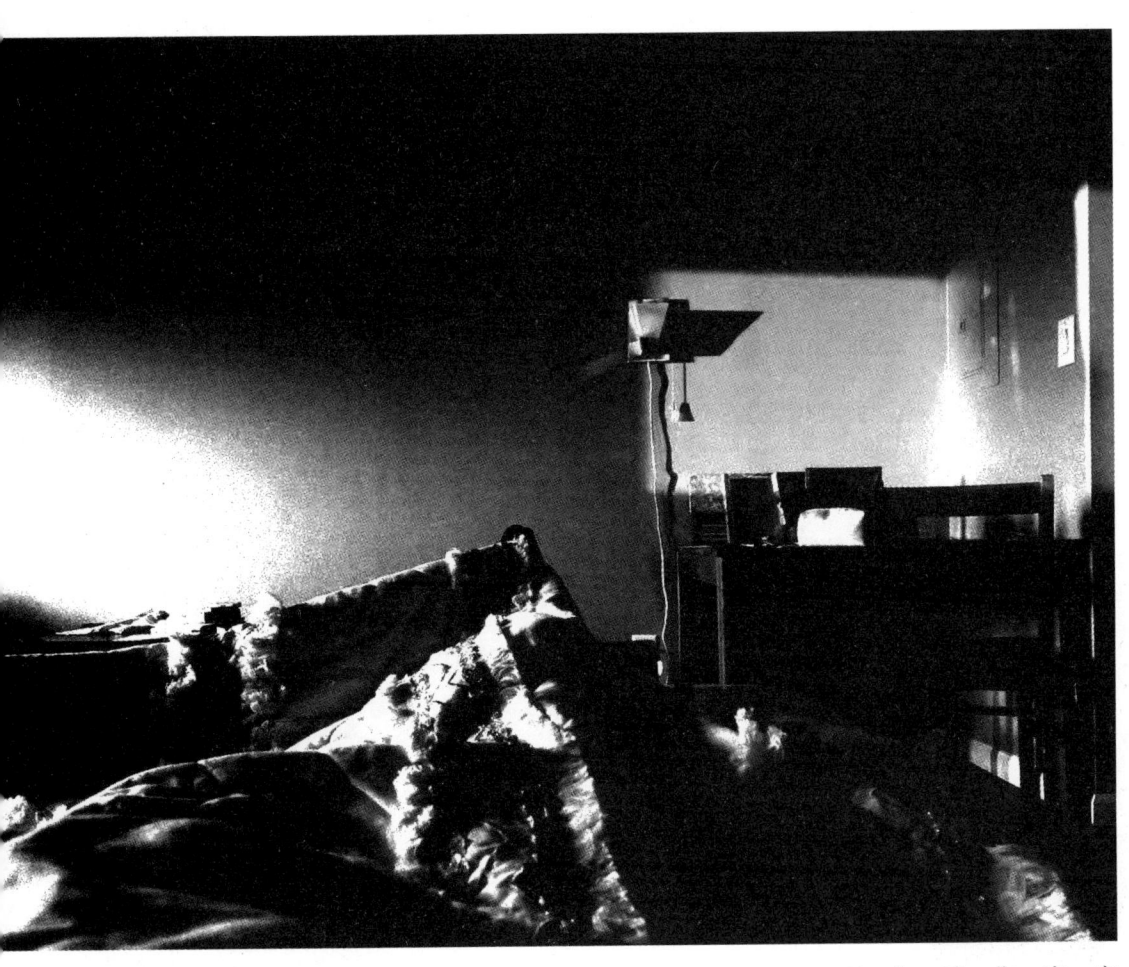

寂寞
有两次心跳
你,一次
我,一次
与爱情
无关

身体,不撒谎

多年后的再次

与从前不同

我们有了浪迹天涯的

千疮百孔

有了应付世事的

巧舌如簧

有了百转千回的

情投意合

可,我们的身体

不撒谎

我们依旧想念对方

也许想念不准确

应该是,贪恋

老情人再见

感觉,腼腆

情感与身体在某一刻

可以分离

比如,人总会在喝醉的时候

保留一丝清醒

然后又故意,泛滥感情

借酒消愁

借酒放肆

披着借口,找借口

但身体,没有

你想我

你会看我

你要我

你会找我

你爱我

你,就是我

我们早已习惯对方

也默认不能在一起的境况

但不管怎样

身体的契合

那是,灵与肉的乐章

我说,你想

你说,我想

再次的疯狂

我们的身体

不撒谎

你的夜空

看星星,数星星

是你的快乐

陪你

看星星,数星星

是我的快乐

每个夜晚

你给星星取名字

取不同的名字

我的眼睛

跟随你声音的方向

——记号

可

你最爱的

那一颗星星

我,看不到

我试图蒙混过关 于是 我夜以继日地画着夜空
小心翼翼地 我为你画了一个 不敢停歇
记录你的描述 你的夜空 哪怕一天
虚构星星的角度 那里有你说过的一切 我要用我的生命去捍卫
夜空里星星无数 你在你的夜空下 你的快乐和我的诺言
可我偏偏不能 奔跑,呼唤,旋转 哪怕诺言
与你的视线同步 你坚信这些 是谎言
那颗 都是真的 爱了,陪了
似有似无 而我 还要什么,明天
神出鬼没的星星 就是你的那颗星
成了我的噩梦 那颗命中注定的星
它扰乱了我的夜空 你终于
把我混淆在 爱上了我
自欺欺人的 和我的谎言
宇宙中

一根手指的告白

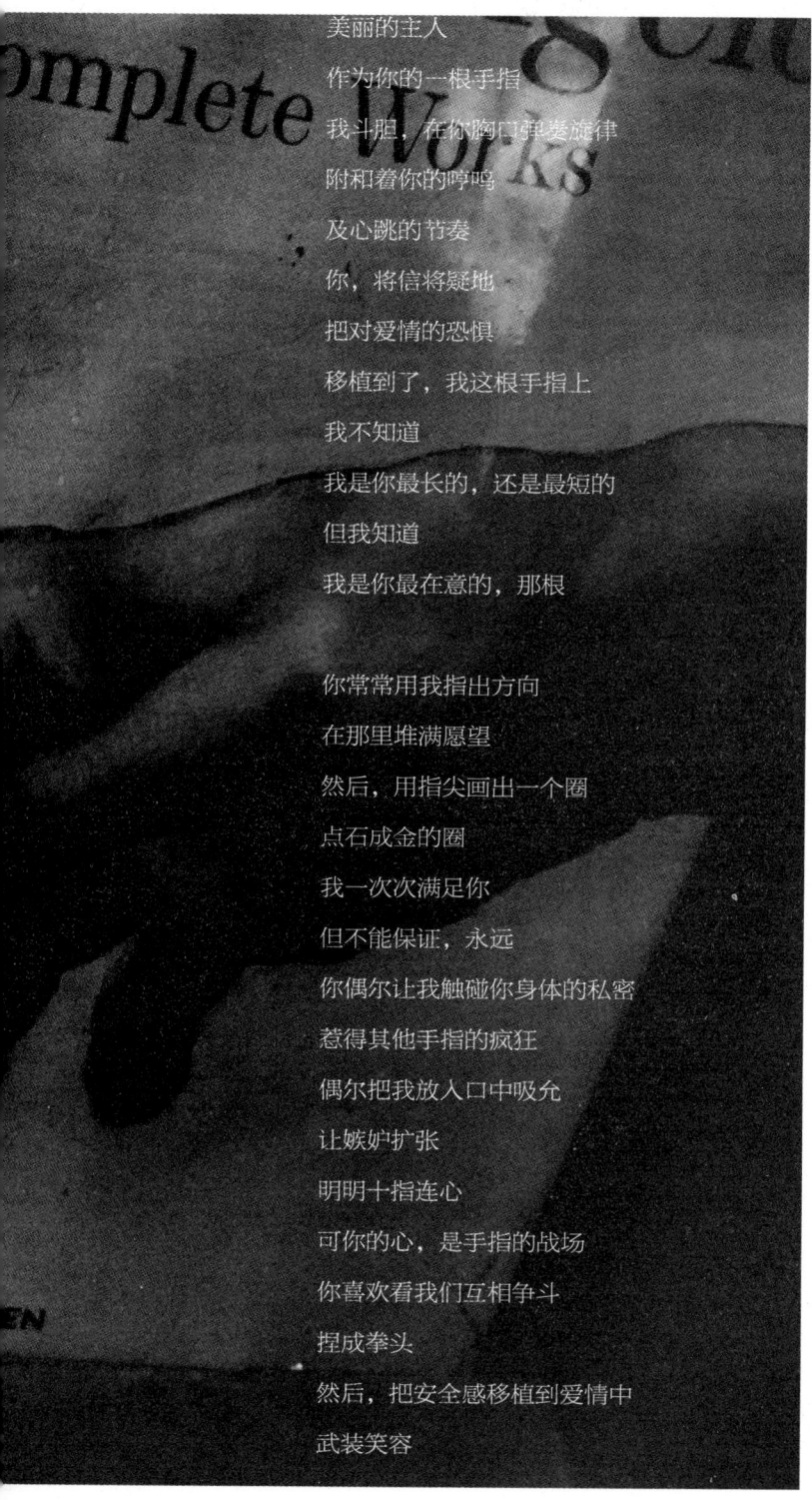

美丽的主人

作为你的一根手指

我斗胆,在你胸口弹奏旋律

附和着你的哼鸣

及心跳的节奏

你,将信将疑地

把对爱情的恐惧

移植到了,我这根手指上

我不知道

我是你最长的,还是最短的

但我知道

我是你最在意的,那根

你常常用我指出方向

在那里堆满愿望

然后,用指尖画出一个圈

点石成金的圈

我一次次满足你

但不能保证,永远

你偶尔让我触碰你身体的私密

惹得其他手指的疯狂

偶尔把我放入口中吸允

让嫉妒扩张

明明十指连心

可你的心,是手指的战场

你喜欢看我们互相争斗

捏成拳头

然后,把安全感移植到爱情中

武装笑容

你害怕被戳破

最柔软的痛

亲爱的主人

我只是一根卑微的手指

没有名字

而且永远,没有

我想被你使用一辈子

可我已经,点不出金子

你的美丽在指尖流逝

指纹记录着我们的故事

无数次地

我用弯曲证明对你的思念

用折断痛斥亏欠

我想指向天空,或者大地

用那挺直的身躯

换取小小的荣誉

可你,只让我敲打旋律

在你的胸口

……

你,将信将疑

我,寸步不离

我就是你的恐惧

禁而不止

你若真想把恐惧移植

我,有戒指

来得快，去得快

你躺在床上
闭上眼
紧蹙眉头
你在等，被处置的时刻
你的牙齿
微微咬住下嘴唇
右手用力抓扯床单
呼~~~
一切来得快，去得也快
你坚信
这是今年最后一次
脱毛

旋转木马

旋转木马
一直以为自己
在向前奔跑
只要坚持
就能看见草

情人节

今晚,城市
整齐的炮声
将伴我入眠

凌晨三点二十八分

好些日子

睡一半的觉,醒一半

我迷恋上和枕头玩耍

在上面留下温度

然后,一翻身

它会凉

留下的，脸的形状

也在一翻身

彻底消失

到底一个人睡，留不下两个影子

连枕头都明白

又是凌晨三点二十分

每天这个时候

我都会失去重量，八分钟

我的鼻尖会慢慢长出一套房子

你住在里面

很幸福

我能闻到，美梦成真的味道

房子越来越大

鼻子越长越长

你去到了

比天花板还高的天花板外面

虽然我看不到

但我闻得到

你，在笑

还是凌晨三点二十分

我已经准备好了鼻子

在枕头上调整好了位置

我看着我身边熟睡的我

一翻身

三点二十八分

外号

我在手机上删除你

一遍又一遍

才发觉

我给你起了很多外号

每一个外号

是一次来电

通话时间的长度

对应你外号的字数

有时候,外号很长

有时候很短

无人接听的时候

我就用,"希望"二字,代替

后来,"希望",越来越多

霸占了我所有的通讯记录

……

我开始希望,"希望"落空

可是,"希望"一次次悄然而至

淹没了我所有的希望

我点着火

删除"希望"

三口寂寞

两口怨

一口烟

呼~

手机,没电

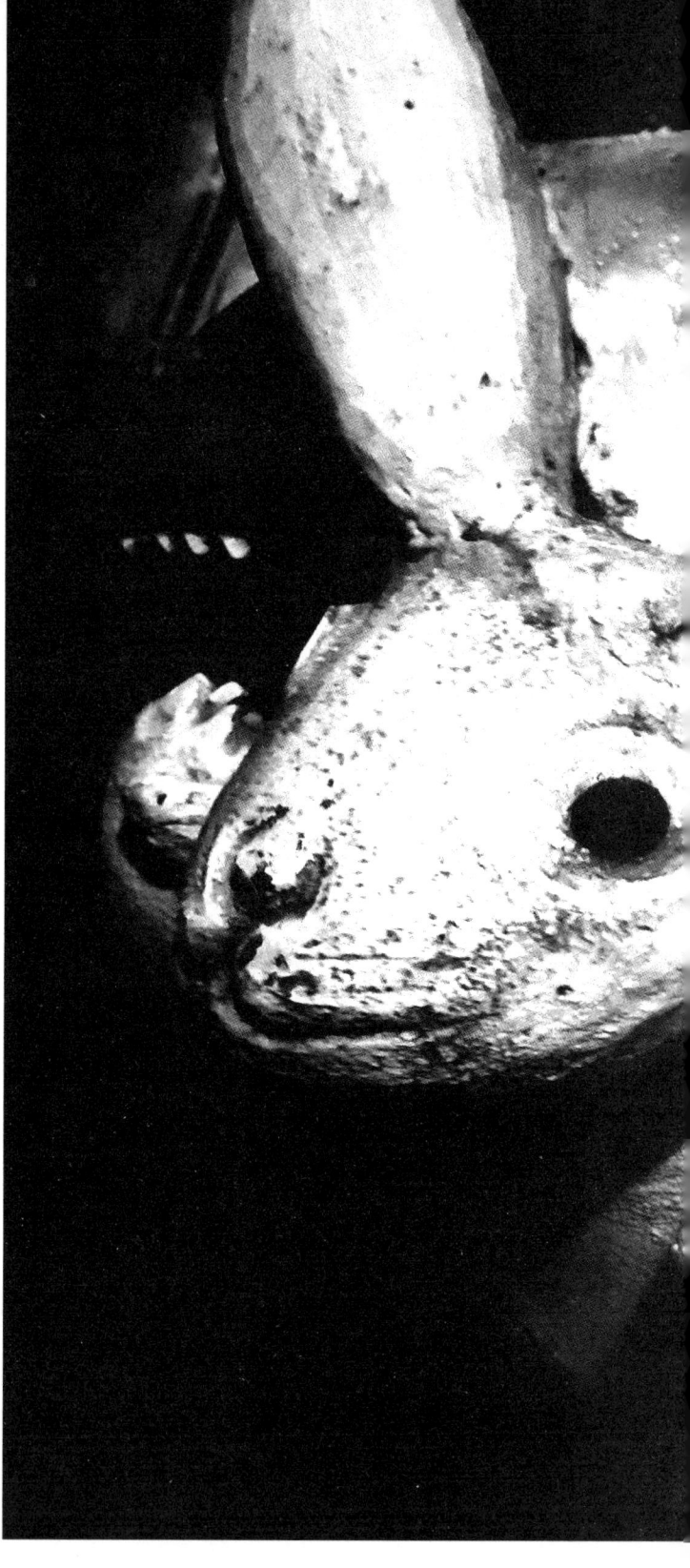

163 edges and corners

你又把我当作他

你的舌尖
是世界上最温暖的地方
　　也是
　　最寒冷的
　　　要么，享受
　　　要么，忍受

情种

爱情的种子
被你我相遇的花火点燃
成为一颗火种
焚烧你我身体的
每一寸角落
我们手拉手
掩盖灼烧的疼痛
我们嘴对嘴
封住嘶喊的喉咙
在血液中
麻醉急速的脉动
然,百无一用

你我的灵魂燃烧殆尽
我们在挣扎中涅槃
在灰烬中重生
我们说好
把爱情残留的温度

留在记忆深处
作为再次相遇的信物
一见必如故

可,有备而来的爱情
是低等的自作聪明
我们忘了
情种只燃烧一次
没有花火的相爱
是强人所难的伤害
种子说
有情,无情
命中注定
有种,没种
听天由命
燃烧,熄灭
翻脸无情

伤痕

伤痕累累的我们
来到世界
寻找治愈的良药
我们以为爱情，做得到
可它
只会，补刀

碎片

两块碎片

靠在一起

想象各自的完美

除了想象力

还要忍耐力

171 edges and corners

再见

我从废墟里拼出你的背影

我高喊你的名字

你并没有回头

我想看你的脸

那张,多情的脸

回忆的碎片

已经割伤我的眼睛

记得无数次

你我展开多情的游戏

你用你的方式

我用我的

最后总是你赢

因为你用多情欺骗了爱情

我们漩涡在时间里

不停反复

折叠回忆是我每天的工作

谁去谁留

加加减减

偶尔想想

你未必不会如此

我曾向天发誓，你会后悔

你伤害了我这个唯一爱你的人

我咒骂你一个人孤独老去

然而，适得其反

眼下形容我，可能更准确

背影旋转着背影

背影不会老

它只会慢慢变小

消失在路的尽头

我想在尽头处等你

或许那样我们可以面对面地

说再见　说再见

说，再也不见

然后用这句话在废墟中

刻出你的正面

刻出你的脸

肖像

白纸上
我用线条
绘出你的手
在层叠的笔迹中
与我相连
那是我
仅有的占有

战斗

你孤零零来到这个世界
开始孤零零的战斗
曾几何时
你也有过几个战友
你相信过友情
也原谅过逃兵
最后你选择做个亡命徒
忘掉回头路
你把梦想别在腰间
学着对抗孤独
你不想承认

但你明白
你是孤零零的

你孤零零爱上一个女孩
展开孤零零的追求
曾几何时
你差点打败了爱情
只是猝不及防地输给了
自己空空的口袋
你哭过几次
也怀疑过
当布满血丝的眼睛醒来
你把腰间的梦想拉紧
你不想承认

但你明白
你是孤零零地

你孤零零站在小小山顶
孤零零地欣喜若狂
曾几何时
你觉得拥有了世界
只是太阳太快了
一转眼
变成了月亮
变成了星星
变成了黑夜
你感觉肩上被踩了几脚
被迫收下生存的礼物
你在山顶放声大笑
抽搐地握紧了拳头
你再次勒紧腰带
你不想承认
但你明白
你是孤零零地

你孤零零给孩子讲故事
孤零零地激动万分
曾几何时
你想传给他盖世武功
可时间老了
战斗的意志打不倒
背叛的游戏规则
你慢慢松开了腰带
你喝多过几次
你故意的
只想借点勇气
因为战斗还在继续
你不想承认
但始终明白
你是孤零零的

自由落体

我每天

都会坠落一次

我早已习惯了这种

自由落体

无法迷恋

无法拒绝

因为,这是我

唯一记住你的方式

每当我独自一人

从酒里醒来

我恨自己

没能在梦里,抓住你

这么一点权利

都,失之交臂

我只能在现实中

游离,沉溺

一次次

落入虚空里

那些深渊
那些深不见底
我，不怕
比起你，都是小玩意
我曾用力拉住你的手
阻止你跳下峭壁
你却熟练地转身
让我傻傻地冲下谷底
那是你，本能的游戏
你笑得
美丽
清晰
彻底
我在你的眼里
自由落体

比不过钱先生

我无话可说

你有你的理由

我都接受

毕竟,我爱你

你曾经也这样说过

可你此刻,却

在钱先生身边

钱先生,是强人,是好人

是我终究

无法挑战的人

我也曾耍过计谋

离间计

苦肉计

空城计

屡战屡败,屡败屡战

可问题的关键

在于,你

不会站在,我这边

我假冒过钱先生

鬼使神差地

却被你,一眼看穿

没想到

你这么地火眼金睛

我羡慕钱先生

我嫉妒

我想变成钱先生

即使讨厌自己

我也要争取你

可到头来

一败涂地

自暴自弃

如果,钱先生

是我和你终将无法逾越的距离

那么,我祝福你

那些我无法带你去的目的地

他轻而易举

要我认输,可以

但,不是输给钱先生

是输给你

输给

我……爱……你

181 edges and corners

瞬间

我们是在
夏天相爱的
我,确定
一个甜燥的傍晚
路灯刚亮
我们并行地走着
默默地,走
我们是这个城市
最安静的部分
我们,越走越近
肩膀的汗水
早已把你我黏在了一起
我们都不愿意
破坏这个美好的距离

直到你下意识地把手抽开
我用力把你拉回来
我们在月光下,相爱

十年后
还是夏天
好久不见的你我
话题更迭回旋
两杯咖啡
两根烟
两张脸
笑容没变,却时过境迁
我们疯谈
假如,若是,可能,也许的
那一天
如今
各自安好,天各一边
有些温度
还依稀缠绕指尖
不提,就不会变
我偷偷把你的光芒
装进了时间
我要用一辈子
来回忆那个夏天
回忆你我的
一,瞬,间

我喜欢你的屁股

是的，我承认

我喜欢你的屁股

翘起的时候

我会脸红

你这个小零件

是上帝的鬼斧神工

嵌上你的长腿

这世上最完美的，不过如此

唯一与之匹配的

是，我的左眼

因为，它只用来赞美你

而我的右眼

只用来，流泪

我天天跟在你后面

我注视着你

我，左右不了

你坐在谁的腿上，或床上

让我欣慰的是

你也常常坐在我身旁

用力而果断

印证我们坚实的友谊

是的，我承认
我很感动
但，右眼
会流泪

我树敌无数，被遗弃
我是现实世界的孤儿
可你总是站在我这边
你一屁股坐下
表明立场
很仗义，很踏实，很用力
我的左眼赞美你
可越赞美
我的世界，越模糊
我讨厌我的双眼
我想选择
左眼，还是右眼
我无数次想找你解答
可每次，你都坐在
我不愿看见的地方

你的屁股，是不会说谎的嘴
时刻翘起幸福的滋味
我，一边赞美，一边泪水
是的，我承认
我是，胆小鬼

封印

你撕下
我的封印
好奇的目光
如刀一般锋利
破开我尘封的世界
我的心脏
刺刺
亮亮
麻麻
开始，跳动
透过你柔柔的笑容
在光晕中

我自作主张地
喜欢了你

喜欢你
就要霸占你
那是我野兽的本能
我舒展身体
如饥似渴地注视你
扩张鼻翼
呼吸你的香气
我要在光天化日之下
感谢你
对我的好奇

187 edges and corners

这些年

我数落着
那些曾经认定,如今却不太认定的

那些曾经认定,如今却不太认定的
数落着我

我
认真地
捂住了耳朵

189 edges and corners

我要改名字

改一个牛气的名字

让人一听，就会闻风丧胆

没有人再敢大呼小叫

除了你

没有人再敢油腔滑调

除了你

没有人再敢嬉皮笑脸

除了你

没有人再敢……

除了，你

对，就这样

这肯定是个好名字

一个配的起你的名字

一个英明神武的名字

请把名字收在口中

默念三分钟

我叫，你，老，公

我要改名字

有一天

如果有一天
你在极度疲惫后
走进了
意识空白
在寂寞与无聊的
缝隙中
想起了我
请你
……
滚

较量

汗水,在夜晚交汇
从上头流向下头
仿佛两条蓄谋已久的河流
放肆地
闯进入海口

肌肤,在房间触碰
从左处冲撞右处
貌似宇宙大爆炸后的禁锢
崩腾出一种
全力以赴

眼神,在枕边摩擦
从里面点燃外面
侵入亚当夏娃犯错的神殿
浪漫地
舔舐着火焰

肉骨，在方寸缠绕

从前边包裹后边

好似冲脱轨道的平衡支点

勾结沸点与冰点

抵抗，终点

较量，在肉体的边缘展开

夜晚被你我主宰

上帝，制造我们

我们，制造爱

爱，迷恋坏

拍卖

你拿捏

你的漂亮

你盘算

你的美貌

你排除掉

等价交换之外

那些卑微的爱慕

多少爱情的

情话，鬼话

你

哈，哈，哈

你喜欢金子

它让你感觉安全

至少比爱情

安全得多

你说，书中的留白

并不是给爱情留位置

任凭你，如何

该空的会空

该旧的会旧

该走的会走

该留的人

不，留

索性

你抬高自己的价码

公然拍卖爱情

并嘲笑它

这是对那个

曾经疯狂爱情的你

最致命的报复

你想给爱情

贴上低廉的标签

用玉石俱焚来购买

一个位置

然后，站上去

用你的书本下旨

越爱情

越无耻

197 edges and corners

褪色

慢慢地
我的身体开始褪色
一点一点
从上到下
我发现自己
正在消失
我肯定这不是梦
因为,会痛

此刻的我
已经完全透明
但还没有
完全消失
我还残留痛的意识

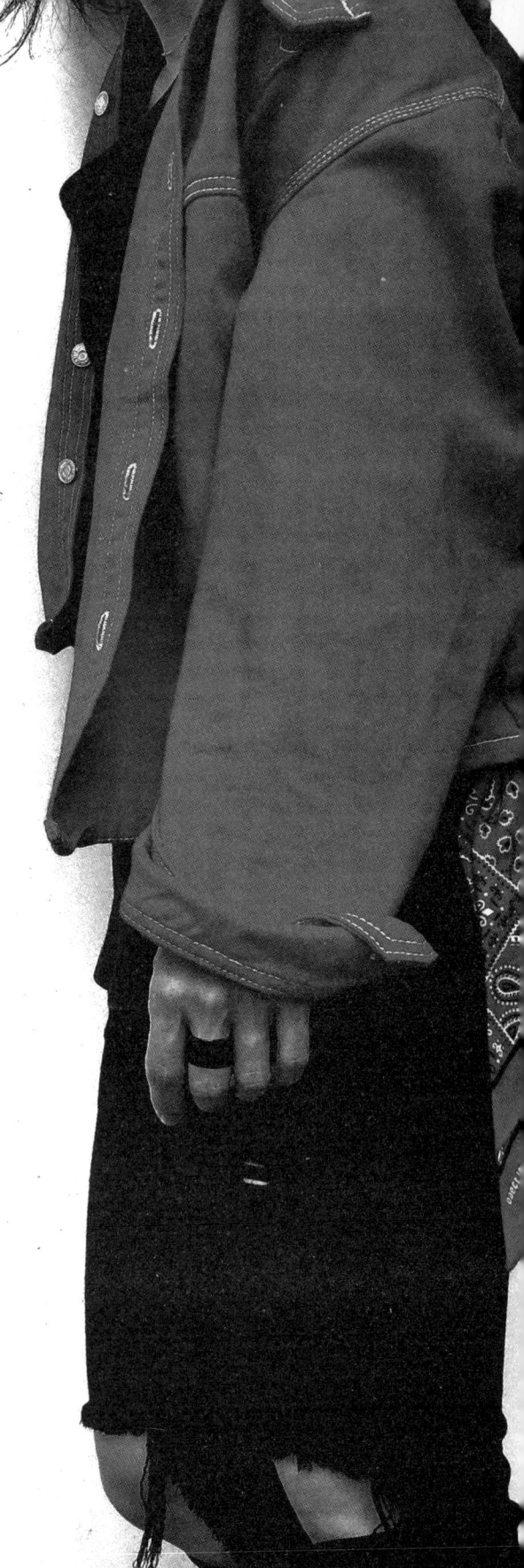

像一个幽灵

游荡在这个城市里

任凭路人穿过我的身体

穿一次

痛一次

我终于在人群中

找到了你

你静静地站在光里

一动不动

紧闭双眼

我慢慢向你靠近

你似乎察觉到我的存在

朝我的方向跑来

我等待着你穿越我

然而，穿越我的

是我身后的那个男人

我还来不及疼痛

他已冲到我面前

紧紧地

抱住了你

我终于想起来

我的褪色

是你给的颜色

我的消失

是我的无知

你的背叛

是你要的浪漫

我的影子

在路口

与我不期而遇

那是多年前

梦想与现实

不欢而散的地方

今晚

久别重逢

我与影子

感慨万千

淡然

一笑而过

影子

201 edges and corners

情侣们闭上眼睛接吻,那是一种眼不见心不烦的享受。

开玩笑不一定是心情好,或许是一种自卑的条件反射。

205 edges and corners

控制眼泪的技巧，是需要用眼泪来练习的。

207 edges and corners

婚姻就像一把糟糕的水果刀,你把爱情的果实交给它,可它永远切不出你想要的形状。

209 edges and corners

今晚的酒杯又是斜的，它是你颠倒过我的世界的唯一证据。

211 edges and corners

没有什么比在你喜欢的人身边呼吸,更浪漫的事了。

寂寞就像脸上那些永远数不清的雀斑,今天的只会比昨天多。

汤圆和人一样，成熟就会变胖。